古典文獻研究輯刊

二九編

第 **8** 冊

徐攀鳳《文選》學研究（下）

張為舜 著

國家圖書館出版品預行編目資料

徐攀鳳《文選》學研究（下）／張為舜 著 -- 初版 -- 新北市：
花木蘭文化事業有限公司，2024〔民 113〕
目 4+172 面；19×26 公分
（古典文學研究輯刊　二九編；第 8 冊）
ISBN 978-626-344-558-1（精裝）
1.CST：（清）徐攀鳳 2.CST：學術思想 3.CST：文學評論
4.CST：傳記
820.8　　　　　　　　　　　　　　　　　　112022456

ISBN-978-626-344-558-1

古典文學研究輯刊
二九編　第 八 冊　　　　　　　ISBN：978-626-344-558-1

徐攀鳳《文選》學研究（下）

作　　者　張為舜
總 編 輯　杜潔祥
副總編輯　楊嘉樂
編輯主任　許郁翎
編　　輯　潘玟靜、蔡正宣　美術編輯　陳逸婷
出　　版　花木蘭文化事業有限公司
發 行 人　高小娟
聯絡地址　235 新北市中和區中安街七二號十三樓
　　　　　電話：02-2923-1455／傳真：02-2923-1452
網　　址　http://www.huamulan.tw 信箱 service@huamulans.com
印　　刷　普羅文化出版廣告事業
初　　版　2024 年 3 月
定　　價　二九編 21 冊（精裝）新台幣 56,000 元　　版權所有・請勿翻印

徐攀鳳《文選》學研究（下）

張為舜　著

目

次

第五章　徐攀鳳治《文選》學術意義
──「規李」與「糾何」

第一節　徐攀鳳「規李」的意義

　　讀《選》者固當從李。〔註1〕

　　本章前兩節所探討內容，我們知道徐攀鳳是主張「遵從李善與其〈注〉」。徐氏熟捻整部《文選》，清晰整書的文章布局與兩家注解條例，故於班固〈兩都賦〉言此。這不單單只是個人喜好而已，綜觀整個「乾、嘉時期」的治《選》者，幾近以此為主，無獨有偶，「尊李」正是清代遵循歷史循環的步數。

一、回應時代

　　徐攀鳳《選注規李》「規李」之「規」不僅含帶「糾正」之義，更包含傚學「李善之經訓義詁」及「博學洪通」的治學態度；質言之，「李善之於五臣」，猶「嚴謹與寬鬆」。一如前明改朝換代，清初許多學者歸咎於學者治學多崇「性靈式」的態度，不踏實、不務實的空想促成讀書人對於學問苟且，繼之治國也鬆散不均。是故，清代學者痛定思前，欲改正讀書（政治）風氣，因此徐攀鳳所提之「規」，可為「規範」、「學習」、「糾正」等義。換言之，徐攀鳳藉由李善打出了「漢、唐經訓的旗幟」，呼應當時的「凡漢皆好」；同時，藉此批駁當時部分學者尚且透露前朝「不甚嚴謹」的學術風格，也有可能回應桐城派於時牴「漢學」、「樸學」的路述云云。

〔註1〕《選學糾何》，葉3右。

　　二來，在整個中華歷史的脈絡下，清代是東方古老與西方進步接壤的過渡時間點，梁啟超提出自內憂外患的交迫壓力，才促進「新學」的繼起。〔註2〕我們當然不能否認這個觀察，但在宏觀的歷史視域下，當時代準備進入到一個嶄新時期，必會「整理學術」，如漢代整理先秦諸子百家、隋唐整理漢魏六朝典籍、後代編修前代歷史……等，這是一直持續進行的學術活動，並未因為前代滅亡而拋棄前代之學術；相反地會以更多人力、物力投入整理前人典籍，一方面藉由整理以證明自己政權（學術）的正統性，一方面透過整理延續前代好的學術。故清代學術間幾近瀰漫「整理學術」風氣其實是一環扣一環的影響。

　　因此，回首審視徐攀鳳的整體學術。雖然我們無法知曉《六經識餘》、《讀易微言》、《尚書傳義》、《廿二史辯譌》、《桐巢詩》、《古文鈔》、《樹蕙堂時文》等作是否亦屬「整理學術」的作品，但依本論討論之《選注規李》、《選學糾何》的攷證或是訓詁注疏，顯然是對李善與何焯等前人的說法整理，因而呼應時代對於整理典籍的需求。

二、注解錯誤的再思考——「疏可破注」

　　前人「注解」是否牢不可破？這個問題其實困擾東方的學者許久。自「表彰五經，迄立官學」，前人「疏不破注」的舊病始終是學者一個不容質疑的預設立場，即有云：

　　　　經之義存乎訓，識字審音，乃知其義，故古訓不可改也。〔註3〕

「古訓不可改」道出大部分學者崇尊「經書（典）」為「聖人之作（言）」，因為既是官方頒定的學術（科），則與政府立場、科舉緊密串連，漢代博士官則以茲為基礎論說解釋，即所謂「經師」。對於大部分想博求功名的讀書人自是按步就讀，這種風氣自然影響往後學者在注疏的心態，係故「依經解經」，繩厥祖武，形成經書有誤，解釋仍依本畫葫的常態。故章學誠所謂：

　　　　後學向慕，而聞其恍惚玄渺之言，則疑不敢決……。〔註4〕

此是章氏對於戴震的一篇專文。戴震對於經典、前人的學術既繼承且反駁，頗有自我觀點；而上述引文〈書朱陸篇後〉是戴震對於宋儒——朱熹之諷譏。此對於傳統的讀書人而言，猶震天霹靂，因不論是經典、朱熹或是其他學者的說

〔註2〕梁啟超：《清代學術概論》（台北市：台灣商務印書館，2008年10月），頁108～111。

〔註3〕〔清〕江藩：《漢學師承記》（台北市：世界書局，2018年11月），頁20。

〔註4〕〔清〕章學誠：《文史通義》（北京：中華書局，2004年9月），總頁274～277。

法，已受到長期官方肯定，認定官方科舉的指定參考。因此，歷代如戴震這般「疑古」風氣興起，勢必壓縮原來官方（經師）說法，繼而造成「學無所依，各號各調」的窘迫，是故喜好疑古的學者歷來容易受到攻訐外，於學圈也不受到歡迎。

　　平心而論，若經書與古傳的說法有誤，能否懷疑？答案是肯定的，且必須的；北宋歐陽脩即是模範，其「翻案文章」對於「五經」、「注疏」多有質疑。張驍飛提出：「良好的政治經濟文化環境使宋代學人的理性精神大大增強」，〔註5〕筆者認為「良好政治」僅是輔助「理性精神增強」的因素之一，最主要還是建立於讀書人的「理性精神」，尤其唐代「經學」固定以降的學術風氣開始呈現反動，流延自宋、明以來一直多有學者成文疑古，是故「疑古」本是讀書研究之一環。〔註6〕而清代考據之風氣有學者認為起自明末三大家──「王夫之、顧炎武、黃宗羲」等三人，但並不顯著，楊東蓴認為刺激學界最大者當屬嚴若璩及其作《古文尚書疏証》問世；該書的清楚攷證，重新定義「五經」的歷史地位，顛覆東方學者對於官定學術的歷史認知。因此，「疏可破注」成為清代學術的一種常例。〔註7〕於《選注規李》中談及「《尚書》『古文』齊梁間已顯於時，何李氏尚未有攷證耶？」〔註8〕明顯徐攀鳳也受到嚴若璩攷證《古文尚書》的影響，以茲質疑李善當時徵引時未細心攷證。換言之，前人的說法不再恆互顛撲不破；是故同理，「李善」、「五臣」說法能否疑之？何焯《義門讀書記》、徐攀鳳《選注規李》陳篇累牘地攷證即是印證「注解錯誤的再思考」。

　　而談及「注解錯誤的再思考」，本論認為可再推深討論「錯誤注解」與「李善」之間的關係，雖然《選》學學者致力糾謬李善之是非，但清代版本與所謂「元本、元注」相差幾希？以第四章來說，徐攀鳳不管是「糾正」，抑或「補充」上，我們得以發現李善的錯誤非常多，那麼這些「錯誤」是否真源自李善？余蕭客言：

〔註5〕張驍飛：《宋代疑古第一人──歐陽脩的疑古思想》，河南大學碩士論文，2007年5月，頁27。
〔註6〕包鷺賓：《包鷺賓學術論著選》（武漢：華中師範大學，2005年8月），頁87～89。
〔註7〕楊東蓴：《楊東蓴學術論著選》（武漢：華中師範大學，1997年12月），頁295～296。
〔註8〕《選注規李》，葉8左。

> 又其書首載善注，或零斷無文句，或割以益五臣，多則覆舉注文，
> 少則妄刪所引，其詳贍有體，亦不及汲古閣本。蓋今所傳又為後人
> 謾亂，非直齋所見六臣之舊矣，然汲古閣本獨存善注，而總題「六
> 臣」，又誤入向曰、銑曰注十數條，蓋未攷六臣、五臣之別，漫承舊
> 例謾雜……。〔註9〕

清代標榜善本的「汲古閣本」據說從贛州本與尤袤本中精汲而出，然在何焯、
葉樹藩校勘下仍見錯誤，不僅之中佯滲五臣外，部分原來為李善的注解竟訛為
五臣說法，諸如此類。從這些現象觀察，「注解」混雜的情況尤為嚴重，已非
單純從各個版本去判讀兩家的順序，或從兩家凡例語法判讀，更不遑論「以錯
攻錯」的錯雜版本去審核注解；劉鋒結論言：

> 其最初恐大多為單注本，有些或被收入別集、總集，亦或本在集中，
> 後析出單行，輾轉傳抄，其又如何進入《文選》注本，而最終單注
> 本、別集、總集率皆亡佚，惟賴《文選》傳世。這一過程非三言兩
> 語所能講明……。〔註10〕

撇除《文選》收入文章之文本因素，單就宋、明兩代對於文本注解的之情況而
言，從原先單注本合斬為六臣注，再到六臣注本單行兩家，當中隱含之變異參
數著實過甚，那怕清儒雖以毛晉「汲古閣本」為底本本校異本，但還原恐百不
得一二，繼之所謂「還原李注其實無解」的結果。

三、還原李注其實無解

　　本論觀察，「還原李注元注」其實無解。「李本亡於何時？此本輯於何人所
不可知，曷禁為之三歎。」〔註11〕徐攀鳳語道甚明。清代部分《選》學學者孜
孜矻矻力求還原李善〈注〉本來面目，諸如許巽行、胡克家者流，但是否即能
認定與元本同？恐必須打上一個大問號。

　　「還原李注」著當面對「版本問題」。逮至清代，眾家各用版本不同，然
溯追母版為何？即是問題；本論在第二章介紹過徐攀鳳所用之版本：「汲古閣
本」、「何焯校本」、「袁本」、《文選纂註》等四版。這些版本皆非「祖版」（母
版），而「祖版」較不可能在民間流傳，大部分取得多為翻刻、傳鈔過後的「通

〔註9〕〔清〕余蕭客：《文選音義》（清·乾隆23年靜勝堂刻本），收於《清代文選學
　　　名著集成》（揚州：廣陵書社，2013年11月），頁9～10。
〔註10〕劉鋒：《文選校讎史稿》（上海：上海古籍出版社，2020年9月），頁320。
〔註11〕《選注規李》，葉23右。

行本」（子版）〔註12〕；由於《昭明文選》屬於流通性廣泛的書籍，不若「善本」、「珍本」來得受重視，翻刻之品質可想而知。徐攀鳳雖於《糾何》言道其用「汲古閣本」，在以茲本對校「何焯校本」，然從本論探究各條對照《古注輯存》中北宋本、尤袤本，推論徐氏手本駁雜不堪：

	北宋本	尤袤本	徐氏手本
班固〈東都賦〉「僸佅兜離。」句 李〈注〉：注闕兜字之義。（徐氏說法）〔註13〕	有	有	無
張衡〈東京賦〉「何云巖險與襟帶。」句 李〈注〉：李尤〈函谷關銘〉：「襟帶，咽喉也。」〔註14〕	有「也」字	缺「也」字	有「也」字
左思〈魏都賦〉「庶士罔寧。」句 李〈注〉：《尚書》曰：「庶士交正。」《毛詩》曰：「庶士有朅。」〔註15〕	無「庶士有朅」	有「庶士有朅」	有「庶士有朅」
揚雄〈甘泉賦〉 李〈注〉：桓譚《新論》。與〈文賦〉：「思乙乙其若抽。」〈注〉不同。〔註16〕	不詳	未提及〈文賦〉	未提及〈文賦〉
曹植〈洛神賦〉「攜漢濱之游女。」句 李〈注〉：《毛詩》：「漢有游女，不可求思。」言：「漢上游女，無求思者。」〔註17〕	無《毛詩》	有《毛詩》	有《毛詩》

上表反應出徐攀鳳的手本與所謂北宋本、尤袤本的《文選》版本有著相當的出入，且部分從北宋、部分從汲古，是故徐氏手本必然是「有問題之版本翻刻」或是「無問題但翻刻後有誤」之子版，而這些子本的問題在於錯誤難以稽考，母版溯源不能明，因此不易攷證之間的差異性；本論主非專在討正版本問題，但以上述諸類版本，我們必須知道「還原李注其實無解」，續下再看「古注」誤認為「李善〈注〉」的例子。

〔註12〕 程千帆、徐有富：《校讎廣義：版本篇》（濟南：齊魯書社，1998年4月），頁260～278。
〔註13〕 《文選舊註輯存》，總頁166；《選注規李》，葉4右。
〔註14〕 《文選舊註輯存》，總頁525～526；《選注規李》，葉5右。
〔註15〕 《文選舊註輯存》，總頁1329～1330；《選注規李》，葉8左。
〔註16〕 《文選舊註輯存》，總頁1386；《選注規李》，葉10右。
〔註17〕 《文選舊註輯存》，總頁3678；《選注規李》，葉19右。

		古　注	徐攀鳳
張衡〈東京賦〉「楚築章華於前。」句 李〈注〉：《左氏傳》曰：「楚子成章華之臺於乾谿，一朝叛之。」〔註18〕		薛綜注	
張衡〈東京賦〉「宣重威以撫戎狄，呼韓來享。」句 李〈注〉：戎、狄、呼韓，竝國名也。〔註19〕		薛綜注	
張衡〈東京賦〉「發鯨魚，鏗華鍾。」句 李〈注〉：發，舉也。鏗，猶擊也。〔註20〕		薛綜注	誤為李善注
左思〈吳都賦〉「苞筍抽節。」句 李〈注〉：苞筍，冬筍。出合浦，其味美於春夏時筍也。見〈馬援傳〉。〔註21〕		劉逵注	

　　關於「古注」誤謁為「李善〈注〉」的版本現象，已有不少學者研究整理，王立群整理日本學者斯波六郎譜繫胡刻本與汲古閣本的關係，認為汲古閣系出叢刊本，非單獨溯自宋代尤袤本。〔註22〕與早期學界認為汲古閣本溯上自宋代尤袤本有極大出入。姑且不細論各版本詳細的差異，單就今日學者在眾多版本，及結合域外版本相互參照下，仍可能誤判，何況清儒當時版本更雜且好尊部分版本之情況下所作之判斷。

　　而通本《文選注》尚有「古注」，並非全由李善注解，如《楚辭》有王逸注、〈西京賦〉有薛綜、劉逵注等「古注」，於下從各版本注家注解之順序，更容易觀察順序差異之間的影響：

各版注解之順序

版　　本	順　　序
尤袤本	古注 → 李善
贛州六臣注本	古注 → 李善 →（五臣）曰
嘉靖金臺汪諒校刊李善單注本	古注 → 無任何「李曰」、「善曰」、「李善曰」
今本流通胡克家李善單注本	古注 → 無任何「李曰」、「善曰」、「李善曰」
叢刊本	古注 → 李善 → 五臣

〔註18〕 《文選舊註輯存》，總頁 499〜500；《選注規李》，葉 4 左〜葉 5 右。
〔註19〕 《文選舊註輯存》，總頁 516；《選注規李》，葉 5 右。
〔註20〕 《文選舊註輯存》，總頁 650〜651；《選注規李》，葉 5 左〜葉 6 右。
〔註21〕 《文選舊註輯存》，總頁 1114；《選注規李》，葉 7 左。
〔註22〕 王立群：《現代文選學史》（鄭州：大象出版社，2014 年 8 月），頁 300〜305。

茶陵本	古注 → 李善 → 五臣
朝鮮卞季良刊六臣印本（秀州系統）	（五臣）曰 → 古注 → 李善
日本寬永二年六臣印本（贛州系統）	（五臣）曰 → 古注 → 李善

上述列表明顯狀況有二：一、大部分版本先列善〈注〉，後及五臣〈注〉為常見之排版，然同樣為贛州系統的日本寬永本卻與中國的贛州本相左，換言之，該母版流傳時即未統一注家順序；而域外版本中的注解順序在流傳過程是否調整過？恐未其詳。二、明代汪諒校刊本與今本胡克家本則缺注者名或稱，大部分刊本會作：「李曰」、「善曰」、「李善曰」、「臣善曰」，而該二版俱去之；而去除後是否會與古注混淆，也是一個問題。是故，在於注解刊刻部分，未有統一。

綜合上述，徐攀鳳雖大量糾錯出李善注解上的問題，但版本問題不僅混亂且未統一，既知注解刊刻未統一，相信刊刻「古注」與「李善〈注〉」時會有缺刻的可能，且歷代版本尚有後人案語誤入注解，因此雖李善注雖有誤，但錯誤是源自本人？抑或是流傳間之錯誤而李善戴罪此污名，這都是需要審慎思考的。再者，就算清儒已重勘尤袤本，本校各版本來釐正差異，但流傳的尤袤本不只一版，以當時尤袤本繁雜且「已非當時之原貌」，在本論觀察徐攀鳳的校勘成果得以證明部分「古注」誤疑為「李善〈注〉」，是故還原李注其實無解，此亦可反應出為什麼部分清儒的校勘立場，並不偏好李善，而是將兩家說法看為《昭明文選》的統括注解以訂正與補充，呈現清代《選》學攷證的一種現象。

第二節　徐攀鳳「糾何」的意義

本論認為徐攀鳳「糾何」的意識有二：

一是在於「勇於挑戰」；以「何焯」作為「攷證《文選》」與「攷證功夫」的驗證目標。全祖望〈何焯墓誌銘〉言道：

> 篤志於學，其讀書繭絲牛毛，旁推而交通之必審必覆，凡所持論考之先正，無一語無根據……。〔註23〕

〔註23〕周駿富輯：《國朝耆舊類編》，收於《清代傳記叢刊》（台北市：明文書局，1986年10月），第149冊，頁11。

誠如本章第一節所介述，何焯的校勘成績在康熙年間中後期享有盛名，是當代
讀書人交往的熱點，尤其何焯作品（校勘）中又有《文選》的相關攷證，對於
徐攀鳳自身酖愛《文選》來說，有何焯這樣重量級的前人說法資鑑，自然成為
參考的頭號，故其自序云：

> 義門何先生之讀《選》也，率以李崇賢〈注〉為宗，評本嘉惠後學，
> 越百年矣。〔註24〕

當然，同期除何焯外，甚有錢陸燦《（文選）閱本》、陳景雲《文選舉正》等《文
選》攷證著作，但卻未成為徐攀鳳的參考對象，且學界亦未掀起重視，可能原
因有二：其一，與何焯類似，屬於單純的攷證案語，但個人名聲、攷證成績未
若何焯顯赫；其二是流傳不廣，減少曝光的影響力。但部分學者的《選》學著
作仍有採納，可知尚在流傳。清代諸多前輩著手校勘，誠為徐攀鳳之榜樣，然
〈指瑕〉篇言：

> 古來文才，異世爭驅。或逸才以爽迅，或精思以纖密，而慮動難圓，
> 鮮無瑕病。〔註25〕

「文人相輕，自古而然。」〔註26〕這邊所謂「相輕」並非指解「相互輕視」，
而是另解作「學者之間相互較勁學識」較為切合。廣泛地說，對於諸多學術開
始反省與質疑，好發表與對方不同觀點並提出糾正之反駁論證，此情形於屢見
不鮮，如嚴若璩《古文尚書疏証》、毛奇齡《四書改錯》等皆為經典之例。是
故，舉凡清代以前的學問，清儒不但重新整理，詳加校勘，加上清代好求「博
學」，徐攀鳳深諳《文選》，向當時盛富聲名的校勘家——何焯進行學問上的切
磋，自是成其《選學糾何》一書。

再者，誠如前述所言「古訓不可改」的傳統漸漸打破，前人「康成之不自
安而遷就其說也。然鄭康成因其舊文不敢輒更。」〔註27〕對於權威名望高的學
者不敢輒更的心態反省，鄭玄、朱熹等千年以來的權威學者皆成為「疑」的對
象，說法不再是亙古不變，學術錯誤一件件的挑出檢視。換言之，沒有一位學
者之說法是顛撲不破，因此何焯對於徐攀鳳來說，不僅是學習的榜樣，同時也
是挑戰的對象。

〔註24〕《選學糾何》，葉1左。
〔註25〕周振甫：《文心雕龍注釋》（台北市：里仁書局，2007年10月），頁759～761。
〔註26〕《文選舊註輯存》，總頁10501。
〔註27〕〔明〕顧炎武著、黃汝成集釋：《日知錄集釋》（上海：上海古籍出版社，2014
年6月），頁66、179。

　　二是「學習何焯的讀書態度」；韋胤宗挑揀何焯《後漢書》的校訂案語，發現將近 20 餘年不輟校勘。〔註28〕幾近一生都在讀書的個性著實讓徐攀鳳傚習，故徐家後人亦予以徐攀鳳「學問為性命之務，暑寒不釋」〔註29〕的紀錄。因此，何焯的讀書態度不僅可為「榜樣」，對於治《選》亦有自我觀點，故徐攀鳳言：

　　　　讀書之法，必先貫穿一家，而後馳驟乎百家。〔註30〕

於第一節已有固述何焯對於《文選》態度：「勘謬兩家〈注〉」、「評點」。何焯作為一攷證學者，糾正兩家自不必多說，最主要是理校成果與攷證前人的態度；當然這是《讀書記》所呈現的情況，我們無法悉知何焯原本《文選》的攷證底稿狀態如何，但單就《讀書記》而言，確屬直接；姑且撇除底本問題，攷證上何焯本身學貫古今，對於一些輕度議題往往直道語破，並了當地予以結論，並時常「獨喜引五臣以駁善〈注〉」〔註31〕，學問表現上呈現公允的立場。這與部分清儒專倚李善，弗論其觀點是否合理，而一昧批評五臣的學問來說，確屬難得。學術的意義在於承襲前人說法，不斷改正與推進，何焯並未因兩家〈注〉」為權威而失允評隲，反而著心於《文選》各個學術問題上。是故，我們從徐攀鳳的兩書中可見何焯之影子，皆攷證兼附案語，並於部分甚有對於李善或五臣的評點，兩人依樣畫葫，何焯可謂徐攀鳳讀《文選》之借鏡。

第三節　徐攀鳳的治《文選》觀點

　　徐攀鳳治《文選》理念是偏向李善「治學」上的「博學」與「釋義訓詁」，嚮從治學方法中「務實」的根本，而這些標準、概念，恰恰是五臣的治學方式所欠缺，因此徐氏對於五臣抱持「輕視」的觀念，諸如：

　　　　五臣「憑臆妄撰」，觸處皆然。〔註32〕

　　　　五臣一涉筆，便覺文理窒礙，奈何從之？〔註33〕

〔註28〕韋胤宗：《浩蕩游絲：何焯與清代的批校文化》（北京：中華書局，2021 年 8 月），頁 72～73。

〔註29〕〔清〕徐自立、徐與蕃增修：《徐氏族譜》，收於《上海圖書館藏珍稀家譜叢刊》（上海：上海科學技術文獻出版社，2016 年 3 月），第 12 冊，頁 767。

〔註30〕《選學糾何》，葉 1 左。

〔註31〕《選學糾何》，葉 30 左～葉 31 右。

〔註32〕《選學糾何》，葉 16 左。

〔註33〕《選學糾何》，葉 20 左。

五臣遂附會其說，……。此種詮解最足為此書蟊賊。〔註34〕

注有向曰、濟曰、翰曰、銑曰諸條，竊恨此書為五臣淆亂者已不少，但何氏評《選》於雜文中，亦頗寥寥著墨，而獨喜引五臣以駁善〈注〉，實是一病。……五臣之說，上之其書，意在非斥善〈注〉，實皆盜竊善未定之本，轉相攻擊。予向以為五臣注為此書蟊賊，……，若李周翰之說，窘促不成文法，奚足援引乎？〔註35〕

而從 4 條「貶斥五臣」的案語其實要再反饋於何焯本身。

第一，「博學」。何焯攷證《文選》的優點雖然在於公允立場，且「喜引五臣以駁善〈注〉」，但何焯部分攷證時有憑臆或未列舉資料方式與五臣類似，即「僅下結論，疏於佐證」，不少條目是只有自己的觀點，而未呈現文獻的徵引，以及攷證上的推敲。因此，「糾何」不僅「挑戰前人」，更是藉著何焯批評五臣。是故，徐攀鳳觀點中把握在「博學」與「釋義訓詁」作為治《文選》基礎，隨之深入對於議題「實事求是」的攷證。

第二，「務實」。而李善則屬於根溯經史的訓詁，不僅徐氏本人偏向李善，於清代大部分學者亦主述「李善」之「漢、唐經訓」的風格。因此，「憑臆妄撰」、「文理窒礙」、「此書蟊賊」等評價足以定調徐攀鳳「尊李善」之立場。當然，上述評價係因為五臣於注解之部分徵引不詳且全憑臆解，對於徐攀鳳來說不夠「嚴謹」，乃因《文選》中有諸多名物係難以考釋，且創作上的融會與變化更需要有利的說詞佐證，是故對比糾正李善、何焯之情況得知，就算徵引頗詳仍有錯誤，矧五臣之直解乎！

繼談，《文選》中有諸多名物係難以考究的，宋代沈括嘗言：「天下地名錯亂乖謬，率難考信。」〔註36〕時過境遷加上認知差異，有些詞彙古今大不同。同樣地，《文選》中如「雲夢」、「遏狄」等專有詞彙，不僅歷代解讀不一，名物古今有變化，部分作家誤用導致後代混淆。為此，徐攀鳳《選學糾何》嘗言：「此等故實，不必刻意求解，善讀書者自頒之。」〔註37〕明瞭告訴讀者「說法是非與否，僅需靠自身學問即可分辨」；對於李善與五臣注解混淆情形，所謂「竊恨此書為五臣淆亂者已不少」，雖直當批駁五臣抄襲與後來注解錯亂之

〔註34〕《選學糾何》，葉 21 左。

〔註35〕《選學糾何》，葉 30 左～葉 31 右。

〔註36〕〔宋〕沈括：《夢溪筆談》（貴州：貴州人民出版社，1998 年 12 月），頁 123。

〔註37〕《選學糾何》，葉 7 右。

過，但同時也為讀者點出：「善讀李氏注者能自辨之。」〔註38〕那些地方具有爭議、孰當為李善之注者，都是需「靠自身學問分辨」。職是之故，在徐攀鳳認知中，《文選》是屬於「讀書人」的讀物，是需要足夠知識咸能解讀，因此不需要過度的解釋，「讀得懂的人不需要注解，讀不懂的不配為讀書人」，有種這般意味。

　　質言之，清代大部分學者力求「博學」且「融會貫通」，因為這是合乎「攷證」所需要的基礎能力，同理也反應在閱讀《文選》上所需了解的知識繁雜、技巧炫博。但對於部分學者來說，《文選》僅是「文學總集」，所翫賞的是作家的文藻，而非考求枝微末節的典章、經史，章學誠嘗評：

　　　　《文選》、《文苑》諸家，意在文藻，不微實事也。《文鑒》始有意於
　　　　政治，《文類》乃有意於故事，是後人相習久，而所見長於古人也。
　　〔註39〕

「文章(學)」即為作者抒發性情之用，章氏雖將四本總集個別分類成：「文藻」、「政治」、「故事」，平心而論三者當是一體，才得以構成一篇文章的生命力，故《文心雕龍・情采》言：

　　　　故為情者要約而寫真，為文者淫麗而煩濫。而後之作者，采濫忽真，
　　　　遠棄風雅，近師辭賦，故體情之製日疏，逐文之篇愈盛。〔註40〕

因此，投入文章的主要是「性情」的表現，未必每篇文章皆有投入大量的典故作，詞藻的運用只是文章之潤飾，甚至部分辭彙或許即是作家憑臆的創意，故本章嘗舉：

　　　　「古人詞賦之作原未能盡協典故」，即如賦中「玉輦、金根」皆鋪張
　　　　之詞，非「御木輅之木」。旨正不可以文害實也。〔註41〕

「玉輦、金根」出自潘岳〈藉田賦〉，時晉武帝「親率群后藉于千畝之甸」，〔註42〕排場、器物本帝王規格，潘岳僅是依目力所及鋪陳，而李善上徵〈西京賦〉、《晉書》、《後漢書》等云云，雖不能說有誤，但歷代帝王於此大同小異，著實無須將同樣的題材以彼比茲，甚至費解徵引資料以佐證。為此，徐攀鳳提出「不必刻意求解」並非自傲的讀書人無的放矢，而是將整個中華文化投射於

〔註38〕《選注規李》，葉 34。
〔註39〕〔清〕章學誠：《文史通義》（北京：中華書局，2004 年 9 月），總頁 575。
〔註40〕周振甫：《文心雕龍注釋》（台北市：里仁書局，2007 年 10 月），頁 599～601。
〔註41〕《選注規李》，葉 10 左。
〔註42〕《文選舊註輯存》，總頁 1468。

歷朝各代的作家心境，創作上不離遠中華大地之山川名物，描述上雷同當屬正常，故看待、閱讀、體會《昭明文選》更需要「融會」，而非於小處糾結部分詞藻的溯源，為《選注規李》、《選學糾何》所曳出的觀點。

第四節　小結

　　「攷證」即是與「文本的再對話」，透過讀書對於文本有更深的體會，「如果讀書不仔細，不多動腦筋，很多問題就可能從眼皮底下溜過去，史料的鑒辨、理解和運用竟不可能做到『真』、『透』、『活』。」〔註43〕李善所見《昭明文選》與清代所見定有差異，而李善〈注〉亦在千年歲月樣貌易改，所衍伸「元注問題」、「闕注」、「誤注」、「注不詳」、「注不明」等都是需要曠費精神從事修訂與勘正。徐攀鳳《選注規李》和《選學糾何》因部頭嬌小、流傳不廣，後代駱鴻凱予以不高評價，間接導致近代學者肯未中賞，認為「『規李』之名，不能符實」、「誤說頗多，有失考據」、「『疏李』冗餘，考釋枝節」。〔註44〕就本論觀點：「規李」之「規」，除「糾正」外，另有「遵從、規範」之義，係順應清代風潮與攷證風氣，而非特立獨行糾正，若今於清代標誌「五臣」，恐比「尊李善」又更彌足珍貴，因此徐攀鳳以「糾」命名並非單純；而攷證上本乎無關粗細，不能因為問題之小而忽視，此評未籌慮一個攷證者身分，僅以為補釋一字之義為多餘，以茲批駁清儒著心攷證之努力不符。至於，攷證上也未能盡善果正，稍有誤判也是合情合理，在人類學之觀點上：「必須從小有差別之點出發，蒐集曾經各種發表過的學說，並從而批評之，以期對於全體事項再有詳細之討論。」〔註45〕因此，沒有一個「典籍」、「解釋」、「說詞」可以亙古不變、顛撲不破。

　　同理，挑戰前人的說法不僅是對前人觀點的再挑戰，同時也是考驗自身學問到位與否。何焯首先發難在《昭明文選》攷證文化，所謂「不尚《文選》」學，而獨加賞好。」〔註46〕與其友好之余蕭客繼而亦投入攷證與研究，在清代

〔註43〕陶敏：《中國古典文獻學》（長沙：岳麓書社，2014年8月），頁205。

〔註44〕陳露：《嘉道年間《文選》李善注補注研究》，山東：暨南大學碩士學位論文，2016年6月，頁43～45。

〔註45〕（美）Charles A. Ellwood 著、鍾兆麟譯：《文化進化論》（台北市：五洲出版社，1968年1月），頁87。

〔註46〕〔清〕余蕭客：《文選音義》（清·乾隆23年靜勝堂刻本），收於《清代文選學名著集成》（揚州：廣陵書社，2013年11月），頁9～10。

學者間無形促成一種「共同批校」的文化交流。〔註47〕雖四庫館臣僅批評余氏之八點「一曰」，暗責攷證疏漏，於《義門讀書記》徒存佳評，但批余氏之缺點實際印證何焯身上，只未受館臣挑戰而已。是故，八大批評雖有過失，卻是後代學者攷證之參考，諸如徐攀鳳、張雲璈、孫志祖、胡克家皆可見何氏之影，之中惟徐攀鳳專論一卷驗證何焯錯誤；〔註48〕換言之，徐攀鳳並非單純驗證何焯的說法，而是藉由何焯的攷證成果再對李善進行再驗證，而前人所流傳之成績，繼而在後面的學者學問中持續發揚。

　　王書才在《明清文選評述》言：

　　　徐攀鳳，曾撰《選學糾李》、《選學糾何》，雖被後世個別學人譏為不
　　　自量力，然而學術面前人人平等，不存在個人崇拜，更沒有必要為
　　　唐代或清代古人遮羞護短；倘設二人之說果有非者，何不可糾？何
　　　不可正？是而正之，於學術自有貢獻。……語有庸謬，後人自可駁
　　　而正之。因為任何真理都是在與謬誤爭辯中產生的。〔註49〕

學術問題雖有大小，但不表示小若枝末則可輕忽。徐攀鳳生於簪纓之家，清代之盛，一生未仕而潛心攷證，所糾之誤並非「蚍蜉」，對於《昭明文選》文本之掌握通透，細緻點出李善之錯誤，彌足珍貴。這對於整個《昭明文選》與其的完整性誠有貢獻。而康熙暨乾隆年間正是清朝繁榮且走向盛世之時，讀書人在得宜的「時間」與「空間」下，得以醞釀更為精緻的學術，反省數千年來學術上的錯誤，而這也是徐攀鳳《選注規李》和《選學糾何》至今存世的意義。

〔註47〕韋胤宗：《浩蕩游絲：何焯與清代的批校文化》（北京：中華書局，2021 年 8
　　　　月）134～135。
〔註48〕〔清〕紀昀等撰：《武英殿本四庫全書總目》（北京：國家圖書館出版社，2019
　　　　年 1 月），第 56 冊，頁 8～15。
〔註49〕王書才：《明清文選評述》，北京：中國社會研究院博士論文，2003 年 6 月，
　　　　頁 58。

第六章　徐攀鳳、張雲璈「《文選》學」盤互——「注家尚多異同」

　　「李善為宗」是大部分清儒對於《文選》注解的重點參考依據，近人屈守元（1913～2001 年）云：

> 清人尚徵實之學，而《文選》一書乃隋唐以上篇章之玄圃，李〈注〉
> 敷洽，尤為古佚之鄧林，故博雅之士，莫不究心。……推清儒治《選》
> 學者，其宗旨所尚，蓋有三術：一曰剔除五臣，以尊李善、二曰通
> 於小學，以究音訓、三曰條理李注，以校存佚……。〔註1〕

屈守元點出清代學者處理《文選》的三種（術）指標，最重要在於術一「剔除五臣，以尊李善」和術三「條理李注，以校存佚」。由於清儒雅重（博）徵（樸）實的治學方式，恰好李善注解方法也正是「旁徵博引」，且條列各項引目，〔註2〕方方面面上正對清儒之胃口，並擠身投入對其〈注〉作訂正與攷證；相反地，五臣注解屬於概擴性的注解，解釋上類偏個人解讀，且往往欠缺徵引文獻來補足說法依據。這也讓學者參考五臣上比起李善，更難從中「揀錯補正」，無所適從，因而受排斥。〔註3〕綜觀整個清代，學者除參考或校訂上使用

〔註 1〕屈守元：《昭明文選雜述及選講》——《選學椎輪初集》（台北市：貫雅文化，
　　　　1990 年 9 月），頁 27。
〔註 2〕相關內容可參考前文〈李善注利弊〉一節。
〔註 3〕排斥五臣的原因很多，最根本的原因還是在於「注解的體式」與「正、注文的
　　　　舛誤」。綜合來說，體式上如何定位注解內容、性質、知識量的好壞？其實未
　　　　然有一個正確答案，究柢還是要著眼使用者的傾向。五臣開初注解的態度就不
　　　　甚嚴謹，對於《文選》的原文及引證資料的原文擅作改動，後續也未檢核查實，

五臣〈注〉外，實則批評居多。

　　在眾多清代學者的云云批評與喜好中，能否看出一條相似的基調，是處理清代《文選》學的基本功。其中，張雲璈與徐攀鳳兩人就是一個很好的例子。從《選學膠言》與《選注規李》、《選學糾何》兩書灼見張雲璈、徐攀鳳均持「尊李善」的時代風氣；同時討論類似的學術問題上，不落既往經訓的窠臼；甚至按語上也有高度的雷同性，種種現象即如張雲璈所言：「注家尚多異同。」〔註4〕

　　目前對於張雲璈較為全面的相關研究有胡育來《張雲璈論考》〔註5〕與唐小茜《選學膠言研究》〔註6〕兩篇學位論文。首先，胡育來從張雲璈的家世背景出發，介紹其交友概況與文學作品，可謂精詳；當中立論一章解析張雲璈《文選》學，足以資鑑。胡育來指出張雲璈《選》學的特點：「射獵廣泛」、「文學家的眼光治《選》」，〔註7〕係因為《文選》通本具有：

　　　　文義舛誤、注家異同、名物典故、字句音釋，間出於諸說所備之外。
　　〔註8〕

《文選》不只可定義為「總集」，亦可定義為「類書」，「內容」所涉包羅萬象，是故著手治《選》，先備「博厚」的知識是必要的、必須的。〔註9〕再者，「文學家的眼光治《選》」即象徵一種「思想、學術上的靈活性」，而非「舊有經學

　　　　導致乖誤。這也是清代學者極力排斥的主要因素。參閱薈：《文選五臣注研究》，遼寧師範大學碩士學位論文 2014 年 4 月，頁 34～35。
〔註4〕「異同」在這裡屬於「偏義詞」，偏向『『同』之中『相同』的意思」。張雲璈本反映古注上大致相同，引證上大同小異，但卻也無意道出清代學者大同的時代特點，筆者認為清代《文選》學者間以「同」居多，不僅「觀點」相同，連帶「引證資料」、「前人說法」……等高度相似，猶如相互參考。《選學膠言》，第 7 冊，頁 247～251。
〔註5〕胡育來：《張雲璈論考》，蘇州大學碩士學位論文，2006 年 5 月。
〔註6〕唐小茜：《選學膠言研究》，貴州大學碩士學位論文，2021 年 5 月。
〔註7〕胡育來：《張雲璈論考》，蘇州大學碩士學位論文，2006 年 5 月，頁 25～31。
〔註8〕〔清〕張雲璈：《選學膠言》（清·道光 11 年刻三影閣叢書本），收於《清代文選學名著集成》（揚州：廣陵書社，2013 年 11 月），第 7 冊，頁 247～251。（*以降同書俱減省）
〔註9〕稍晚張雲璈之朱琦（1769～1850 年）〈文選集釋序〉對於「射獵廣泛」語中要的：「況是書自象緯輿圖，暨夫宮室車服器用之置，草木鳥獸蟲魚之名，訓詁之通借，音韻之淆別，罔弗賅具。」得以印證《文選》所包羅的議題之豐，非侷促於一家之說之解，這是一共同概念，留存於清代《選》學家。〔清〕朱琦：《文選集釋》（清·光緒元年涇川朱氏梅村家塾刻本），收於《清代文選學名著集成》（揚州：廣陵書社，2013 年 11 月），頁 3～5。

家的眼光窺臼」，若仍是遵從「依經解經、疏不破注」的傳統論述，恐無法客觀地審視《文選》一書，尤其在清代流行之考據學風下，獨專一家之說、之書亦是無法看出《文選注》的不足、缺失與癥結。墨守成規對於理解《文選》及考訂《文選注》都會形成障礙，故胡育來提出「文學家的眼光治《選》」的這個評價非常貼實。

　　另一位學者唐小茜則屬近來一輩的年輕學者，專注剖析張雲璈《選學膠言》；是論善用數據分析與條列表格，讓讀者一目了然《選學膠言》的體例結構、學術價值，比較上簡單且客觀。值得留意的是該論第二章——〈引書考〉的帶出《選學膠言》的價值。該章節將《選學膠言》整書引用之書目按「經、史、子、集」等大類，以及「道家類、清代《選》學類」等小類歸納劃分，讓讀者清楚了解張雲璈「引書原則」、「徵引來源」。〔註 10〕另王立群《現代文選學史》〔註 11〕、王小婷《清代文選學研究》〔註 12〕稍微旁及張雲璈，咸有可觀；期刊論文方面，王書才〈張雲璈生平與著述〉卓亦可參。〔註 13〕

　　張雲璈《選學膠言》明顯可歸類為「綜合類」的《文選》學著作，〔註 14〕內容豐富、博引徵廣，兼涉大量學術議題，不是純粹評點或攷釋的取向。胤如本論研究對象——徐攀鳳。雙方同時為清代治《選》的兩大專家，內容上極具高度的重疊性，卻尚未有學者發明。因此，本章主要梳理雙方的關係，以及釐清兩人在「《文選》學上盤互」的現象。

第一節　張雲璈《文選》學

　　張雲璈，字仲雅，一字簡松，先世本海寧陳氏，繼姓於張，遂為錢塘人。兵部侍郎映辰子。乾隆庚寅（1770 年）舉人，嘉慶中，受選湖南安福知縣，歷任湘潭、安福，有政聲。於學不所不窺，尤精《選》學，考據明審，有《選學膠言》二十卷、《選藻》八卷、《四寸學》六

〔註 10〕唐小茜：《選學膠言研究》，貴州大學碩士學位論文，2021 年 5 月，頁 23～47。
〔註 11〕王立群：《現代文選學史》（鄭州：大象出版社，2014 年 8 月）。
〔註 12〕王小婷：《清代文選學研究》（上海：上海古籍出版社，2014 年 9 月）。
〔註 13〕王書才：〈張雲璈生平與著述〉，《中國社會科學院研究生院學報》，2004 年第 1 期，頁 99～100。
〔註 14〕王小婷《清代文選學研究》中將大部清代《選》學家作一分類：「考據類」、「評點類」、「綜合類」……。王小婷：《清代文選學研究》（上海：上海古籍出版社，2014 年 9 月），頁 34～38。

卷、《垂綾錄》十卷……。別有《簡松草堂詩集》二十卷、《蠟味小稾》五卷、《歸艎草》一卷、《知還草》四卷、《復丁老人草》二卷、《金牛湖漁唱》一卷、《三影閣箏語》四卷、《文集》、十二卷。與修《兩淮鹽法志》。道光九年卒，八十三。〔註15〕

《清儒學案》概要張雲璈的大致生平，與《清史列傳》一致。按《清代文選學名著集成》所整理，張雲璈生於乾隆十二年（1747年），卒於道光九年（1829年）。〔註16〕於乾隆三十五年（1770年）中舉，時年僅二十三歲。一生著作繁多，涉略之廣，學侶繁眾。王書才、胡育來等學者已完整繫年張氏生平與家世，足以資參。〔註17〕

其中，傳記提到張氏《選》學著作有二：《選藻》及《選學膠言》。據張雲璈〈選藻序〉得知：

時輯《選學膠言》未竟，繙閱之餘，擷其奇字華說，隨手錄之，得

八卷，題曰《選藻》。〔註18〕

從而判斷《選藻》完成的時間早於《選學膠言》，係屬於「摘取優美詞藻」取向的書籍。此與宋代劉攽《文選類林》、蘇易簡《文選雙字類要》類似，均「編取《文選》中藻麗之語，分類纂輯。」〔註19〕可惜今天已佚失。今天留存較為完整者為僅《選學膠言》。

「《選》學向無專書，所有者，前人評隲而已。」〔註20〕在張雲璈的眼中，沒有一本書籍是全方面討論《昭明文選》，大多是簡略單一評論。確實！清代以前的《文選》學史中，宋、明兩朝大部分作品除「編取《文選》藻麗之語」外，再者即是李善〈注〉或五臣〈注〉的批長論短，具屬偏頗；而真正做到對

〔註15〕《清史列傳》載張雲璈「卒於嘉慶九年卒年，八十三。」有誤，當為「道光九年」。參周駿富編：《清史列傳》，收於《清代傳記叢刊》（台北市：明文書局，1886年1月），第104冊，頁951。上文引自徐世昌著、陳祖武點校：《清儒學案》（石家莊：河北人民出版社，2008年12月），總頁3727。

〔註16〕《選學膠言》，第8冊，頁236～237。

〔註17〕王書才：《明清文選學評述》中國社會科學院博士論文，2003年6月，頁77～85。胡育來：《張雲璈論考》，蘇州大學碩士學位論文，2006年5月，頁10～16、44～63。

〔註18〕〔清〕張雲璈：《簡松堂文集》（三影閣叢書本），收於《續修四庫全書》（上海：上海古籍出版社，2005年），第1471冊，頁156。

〔註19〕〔清〕紀昀等撰：《武英殿本四庫全書總目》（北京：國家圖書館出版社，2019年1月），第37冊，頁180。

〔註20〕《選學膠言》，第7冊，頁247～251。

於「文義舛誤、注家異同、名物典故、字句音釋,間出於諸說所備之外」上議題具體處理者,即屬寥寥。〔註 21〕因此,少部分學者提出攷證即如「寸珠尺璧」〔註 22〕,因此張雲璈撰寫《選學膠言》主要目的意在「解決《文選》上的種種問題」。

一、《選學膠言》內容

(一)撰寫目的

《選》學向無專書,所有者,前人評騭而已。〔註 23〕

張雲璈的心目中,沒有一本書籍是全方面討論《昭明文選》。自李善、五臣等輩完成注解後,學者自是奉為圭臬,無人敢於挑戰、糾正前人說法,若有僅是簡略的評論或攷證,所涉不深,無法深迪《文選》的內容及錯誤,另外對於注解的補充與異動更是畏之怯步。

確實!《文選》學史中,宋、明兩朝大部分作品除「編取《文選》藻麗之語」外,再者即是李善〈注〉或五臣〈注〉的批長論短,具屬偏頗;少部分學者提出攷證即如「一二訂正,如寸珠尺璧,令人視為希世之寶。」〔註 24〕敢於糾謬處理者,即屬寥寥。所以真正處理《文選》的「文義舛誤、注家異同、名物典故、字句音釋」的著作,甚至從「問題」衍伸至「議題」,擴展成「間出於諸說所備之外。」〔註 25〕還是需要來到清代。因此,張雲璈撰寫《選學膠言》

〔註 21〕 其實,較真探究明代《文選》學,張鳳翼《文選纂註》及齊閔華《文選瀹注》兩部是足以奠基《文選》攷證的一座里程碑,清代錢謙益序《文選瀹注》言:「經李善,緯五臣,穿穴經史,蒐羅旁魄,裨益其所未備,刪繁刈穢……。」兩書已經做到超越兩家注解,善用自己的學識判斷融會進自己的注解,披沙揀金。而這種方式其實不正是清儒各家所從事的作業嗎?所以誠於本論中提道:「李善與五臣注解上的利弊應該立書討論」且必須有實質改善。審視李善、五臣的解釋,但凡過詳、不確、疑竇……等,應具題提出並且予以修正,如此才是真正處理學術問題;同樣地,張雲璈自身也意識到這一問題,故著手訂誤,此亦與徐攀鳳,甚至大部分清儒所申完全一致。參劉鋒、汪翠紅等編:《文選資料彙編——序跋著錄卷》(北京:中華書局,2019 年 4 月),頁 140~141;《選學膠言》第 7 冊,頁 247~251。
〔註 22〕 《選學膠言》,第 7 冊,頁 247~251。
〔註 23〕 《選學膠言》,第 7 冊,頁 247~251。
〔註 24〕 《選學膠言》,第 7 冊,頁 247~251。
〔註 25〕 其實,較真探究明代《文選》學,張鳳翼《文選纂註》及齊閔華《文選瀹注》兩部是足以奠基《文選》攷證的一座里程碑,清代錢謙益序《文選瀹注》言:「經李善,緯五臣,穿穴經史,蒐羅旁魄,裨益其所未備,刪繁刈穢……。」

主要目的意在「處理《文選》上的種種問題」。

（二）體例

于光華《文選集評》對《選學膠言》尤為重要，序言道明：

> 近金壇于氏晴川復總括《纂注》、《評林》、《瀹注》、《賦彙疏解》諸
> 書，及張伯起、陸雨侯，並孫、俞、李、何之說，擷其菁華而刪定
> 之，名曰《集評》，盛行於世。所謂千金之腋，而有千金之裘，何其
> 善也！〔註26〕

古人在做學問上，其實與今人雷似，也需要文獻回顧，當回顧上發現前人說法
適當，則直接引用佐證；反之，說法中有待商榷處，則著手駁正。所以徐攀鳳
《選注規李》、《選學糾何》二書，除《困學紀聞》、《日知錄》等考據筆記外，
其實也採納明人張鳳翼《文選纂注》等成果。同樣地，張雲璈廣參當代學者說
法，諸如：何焯《義門讀書記》、于光華《文選集評》〔註27〕、汪師韓《文選
理學權輿》、胡克家《文選考異》、孫志祖《文選考義》、盧文弨〔註28〕、梁玉
繩〔註29〕、黃士珣〔註30〕、王鳴盛《十七史商榷》〔註31〕等數十家當代學者
說法，且諸多成果尤重《文選考異》、《義門讀書記》二書。于氏集結各方註說，
從中發明。在後學梁章鉅《文選旁證》、朱珔《文選集釋》問世前，即以于氏
堪稱洪通。當然于光華《文選集評》最主要是集結眾家之說，尤其收錄潘耒與
陳景雲未全版問世的校勘成果。換言之，隱藏清初年間的學者看法被間接地收
錄在《文選集評》，而給予張雲璈多方採錄的參考資源。當然，《文選集評》即

兩書已經做到超越兩家注解，但對於明儒的成果，清儒多半鄙夷，是故張雲璈
才言：「無專書。」本質上，壓根瞧不起明代的成果，但善用自己的學識判斷
融會進自己的注解，披沙揀金，這種方式不正是清儒各家所從事的作業嗎？
所以誠於本論中提道：「李善與五臣注解上的利弊應該立書討論」且必須有實
質改善。審視李善、五臣的解釋，但凡過詳、不確、疑竇……等，應具題提出
並且予以修正，如此才是真正處理學術問題；同樣地，張雲璈自身也意識到這
一問題，故著手訂誤，此亦與徐攀鳳，甚至大部分清儒所申完全一致。參劉
鋒、汪翠紅等編：《文選資料彙編──序跋著錄卷》（北京：中華書局，2019 年
4 月），頁 140～141；《選學膠言》第 7 冊，頁 247～251。

〔註26〕《選學膠言》第 7 冊，頁 247～251。
〔註27〕《選學膠言》，第 8 冊，頁 354。
〔註28〕《選學膠言》，第 8 冊，頁 279、281。
〔註29〕《選學膠言》，第 8 冊，頁 276。
〔註30〕《選學膠言》，第 8 冊，頁 216。
〔註31〕《選學膠言》，第 8 冊，頁 214。

如一個收集場域，真正裁判是否使用的判斷觀點，實際還是學習何焯《義門讀書記》。

誠如前章討論學攀鳳與何焯的關係，已有介紹《義門讀書記》的體例，屬於針對有疑義之處重點提出，因此不是通篇文章都有所攷證，此影響張雲璈極其明顯，是故序文言：「隨疑隨檢，隨檢隨記。注例檢視，條分件繫，薈萃成編。」〔註32〕當然，從《義門讀書記》與《選學膠言》的刻本狀態即可見其相似，如下圖：

《義門讀書記》〔註33〕　　　　　《選學膠言》〔註34〕

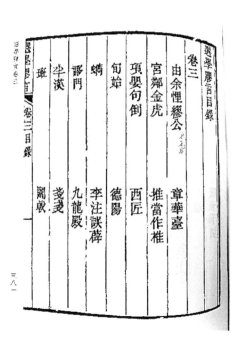

總觀張雲璈的《選》學雖然與何焯《義門讀書記》皆是「筆記式」的學術札記，略顯破碎，但逐一檢視之下，《文選》終須探討的問題也逐一被勾起，即顯其可貴性；《選學膠言》案語中雖帶有「文學性的評介」〔註35〕與「擷取

〔註32〕《選學膠言》，第 7 冊，頁 237～240、247～251。
〔註33〕〔清〕何焯：《義門讀書記》（文淵閣四庫全書本）（台北市：台灣商務印書館，1986 年 3 月），頁 651。
〔註34〕《選學膠言》，第 7 冊，頁 381。
〔註35〕胡育來認為：「張雲璈治《選》過程往往表現出強烈個人情感，將個人的感慨、好惡表現出來。」確實無可厚非，受到明、清以來，以及何焯影響，讓「攷證」與「評點」混雜，即前文所說「批校兼評」，這種方式雖不甚嚴謹且公允，但

他人成果」〔註36〕廣採各家成果的情況，從說法中揀選更好最佳並融雜己說，則為《選學膠言》可貴之處，但不因此降低其學術性；換個觀點說，《選學膠言》屬於「綜合性」的「《文選》討論專書」，「『膠』著有疑義的部分」〔註37〕即為其申論要點，瑣碎或泛論性的常識則不深究討論，即可得知張雲璈本身厚實的學問與獨步的判斷。

（三）繼先聖之後

在了解張雲璈的《文選》學之前，則不能不提何焯對於清代學者的影響。何焯係清代首開通本考釋《昭明文選》的先聲，以及博採眾本、相互對校的權威。由於何焯曾擔任武英殿纂修，養成深厚的攷證資本，加上與不少藏書家交往，所得書目資訊資料豐富；另外，何焯的攷證路線中「既重宋槧」，但又「不佞宋槧」，〔註38〕廣持各代、各家的版本，又不偏倚專獨任何一家版本，是何焯學問秉持允正的立場表現。〔註39〕

此外，何焯沿襲明代的評點之風。明代評點相對單純，純乎評騭或個人的讀書心得，但何焯以「批校兼評」的方式，進而帶起一種新興的法式，在校勘攷證當中兼有自己、他人攷證成果、文評、史評等，可以相互資參。這種方式看似零散的方法，讓《文選》及《文選注》本身涵蓋的學術問題一一朗現，可

卻可讓其他學者知道──「作者為什麼這樣判斷？」其實對於後期檢證上，提供了另一思索依據。參胡育來：《張雲璈論考》，蘇州大學碩士學位論文，2006年5月，頁30～31。

〔註36〕王小婷指出張雲璈抄錄胡克家條目尤多，但卻未有進一步攷證，認為不妥並舉〈東都賦〉『妻敬當作田肯」」條（《選學膠言》，第7冊，頁323）為例。從張氏按語觀察，其參考何焯、陳景雲、胡克家三人成果，並簡要摘取胡克家說法，雖未完整引錄何、陳氏說法，但從語序觀察，其係先採何、陳氏二說，而後見胡氏更佳而採之。換言之，張雲璈是有透過自我的學問複查，最後認可胡氏之說，並非如王氏所言：「未有進一步攷證。」況且，簡易的版本訛字已被胡克家攷證妥必，張雲璈自當不避贅言，也在情理之中。王小婷：《清代文選學研究》（上海：上海古籍出版社，2014年9月），頁226～227。

〔註37〕張氏自〈序〉：「言語辨聰之說而不度於義者，謂之『膠言』。」見《選學膠言》，第7冊，頁247～251。

〔註38〕「宋本」固然是學術界公認版本上的善本，但我們卻不能保證宋本有誤的可能，更何況翻刻與流傳的過程中都可能產生錯誤，因此各家版本來到清代是作為「樣板」，用以相互對校，待如何焯一輩的學者校勘，後續學者再心證取捨，大概可以知曉《文選》原貌，孰為善注、五臣注，何種注解說法最佳……等。

〔註39〕韋胤宗：《浩蕩游絲：何焯與清代的批校文化》（北京：中華書局，2021年8月），頁72～77。

以使讀者快速且有效聚焦在特定議題上，直瞭各個作品、解釋的癥結核心，其實對於後續學者需要著手攷習的學者反倒是方便許多，尤其《昭明文選》並非單一「文學總集」，更多的是需要分辨「注家異同、山水名物、史變典故、音釋詁林」等學術問題。換言之，在清代學者眼中，《昭明文選》已非過往科舉或創作上的單純需要，反而是檢驗學問的一項試紙，用以檢測個人學問。

　　所以讀書的目的在於從文本中發現問題，進而解決問題，而非無關寡要地堆砌資料；此外，讀書也切勿有門見、學閥。學界在劃域清代學術時，往往給部分清儒貼上「重經訓、鑽音聲」的標籤；或將地區標誌性的學圈也劃分出來，諸如徽學、皖學；又或有者將重經長攷者類為「漢學」，重闡明發義者類為「宋學」等云云。但公允看整個清代學術，則如張舜徽言：

　　　　考論清代學術，以為吳學最專，徽學最精，揚州之學最通。無吳、皖

　　之「專精」，則清學不能盛；無揚州之通學，則清學不能大。〔註40〕

引文點出清代學術的大體根本即在於「通」。清代學術之所以能輝煌鴻麗，在於一部份學者在「專精」與「博通」上「兼容並蓄」。〔註41〕本質上，從事學術工作，「專精」與「博通」是相輔相成的，因為你必須長時間點投入特定經典，一心一意處理；而處理的經典的同時，勢必得具備廣博的學問從中發明。而何焯何嘗不是如此治學呢？因此，表面上《義門讀書記》沒有依章照句的隨檢隨記，但仔細咀嚼後，其實何焯已替大家檢選出《昭明文選》最為薈萃的「問題錄」。這種重點整理的讀書法影響著清代學者，紀錄自己的「學術心得」，積銖累寸，最終盈滿成冊。

　　所以張雲璈受何焯影響並非空穴來風，據唐小茜統計《選學膠言》中「子部」的引用情況，統計顯示《義門讀書記》共引 97 次，占比 23.0%，其次《困學紀聞》共引 60 次，14.2%，再次《通雅》共引 51 次，10.6%……〔註42〕；而集部詩文評類書籍引用最高者為胡克家《文選考異》，共引 139 次，占比 72.7%，與其次為葉樹藩的《評注昭明文選》，共引 13 次，占比 6.8%。當然，表面上何焯的比例未如胡克家高，但主要是兩書在攷證的取向方向不同，同樣都是校勘《文選》版本，何焯主要是「勘中釋義評說，尋伐新解」，而胡克家

〔註40〕張舜徽：《張舜徽學術論著選》（武漢：華中師範大學，1997 年 12 月），頁 285。

〔註41〕張舜徽：《張舜徽集・顧亭林學記》（武漢：華中師範大學，2005 年 12 月），頁 221。

〔註42〕唐小茜：《選學膠言研究》，貴州大學碩士學位論文，2021 年 5 月，頁 36。

則是原原本本地處理「《文選》正文與兩家注文侔滲的問題」，所以《文選考異》按語多為：「某某本有，某某本無；具某某本……」等。所以對於張雲璈來說，《選學膠言》目的不在於刌證版本上的對與錯，而是闡釋當中的學術問題，單就這點，即可說何焯對於張雲璈的影響大於胡克家。

二、《選學膠言》特色

（一）注解的反省

對於《昭明文選》來說，李善與五臣的注解是無法割捨的存在，一如鄭玄箋注五經，係屬於權威且官方認定的說法，故唐宋以降，李善〈注〉與五臣〈注〉兩家說法最為洪通且廣受讀書人接受。而清代，大部分學者表面上「崇尊李善，輕視五臣」為口號，但實則流於表面，既參考李善、五臣，也糾正李善五臣，並非因輕視而鄙夷不看。

深究各家通篇說詞，本論認為除了徐攀鳳、許巽行具「李善熱衷者」的形象，強烈五臣批評，不然大部分學者未有這麼明顯傾向。〔註43〕雖言如此，其實在各家，不論是「李善」，抑或「五臣」，都是「共同檢視」的存在，如同承襲何焯學術，對於李善〈注〉與五臣〈注〉皆秉持允正立場，並未若有些學者所申「獨尊李注」〔註44〕；如〈招魂〉：「涉江採菱，發揚荷些。」張雲璈按語：

> 「涉江採菱，發揚荷些。」〈注〉：「采取菱茇，發楊荷葉。」按注語
> 不甚明晰，似不若五臣作「陽阿」為曲名為是。〔註45〕

由於「騷類」文體的作品，李善是沒有注解的，讀書人僅能參照王逸舊注以及五臣兩家注說以資參考。而上述即是張雲璈對於王逸說法的否定與對五臣的稱許。當然我們回頭看王逸的注說還是可以理解張雲璈為何批評，其注：

〔註43〕筆者質疑「崇尊李善，輕視五臣」是否為某一位清代有影響力的學者所主張，進而造成以降之後筆在論述上有跟風傾向？我們以《文選筆記》為例：〈甘泉賦〉「『宛延』。何改廷。（許巽行）案延與下淵字為韻，五臣以為與上文嬰、成等字為韻，妄改為廷，不知文義之不通也。五臣荒謬，不屑謝置辨，此因亦踵其失，故箸之。」這邊許巽行認為五臣未熟捻上下文，音聲判斷失允，批評「荒謬」；〈古詩十九首〉「『西北』。五臣注誤入，削。」……當然例子諸多，不便贅舉，但從此處可知許巽行與徐攀鳳一樣屬於李善擁護者。《文選筆記》，第18冊，頁107～108、465～466。

〔註44〕胡育來：《張雲璈論考》，蘇州大學碩士學位論文，2006年5月，頁28～30。

〔註45〕《選學膠言》，第8冊，頁395。

　　楚人歌曲也。言己涉彼大江，南入湖池，采取菱芰，發揚荷葉。喻

　　屈原背去朝堂，隱伏草澤，失其所也。〔註46〕

所謂「訓釋旨意，多不原用事所出。」〔註47〕王逸與李善迥異之處在於未徵引
典籍佐證，反而以自己解讀為注解，而為學者所詬。同理，五臣注言：

　　《涉江》、《採菱》、《陽阿》皆楚歌曲名。〔註48〕

五臣的說法同樣未有文源依據，不免墮於臆測妄說。換言之，清代學者追求的
不單單是「李注」，而是講求「盡實」、「詳盡」。是故，不論李善注解如何備受
肯定，但凡注解上有疑、有誤、有闕等仍是會受到評隲：

　　未知李氏何據。〔註49〕

　　恐李注非。〔註50〕

這些批評不止於張雲璈一人，同時期之孫志祖、梁章鉅、朱珔、胡紹煐等俱見；
反之，五臣若注說得當，亦受到：「五臣之言斯為得之。」〔註51〕的允正評價。

　　進言之，唐代李善與五臣其實已大致訓詁，對於清代學者來說，兩家注解
的反省不須費舉在字句訓詁上，而是將重心放在「釋疑」、「補缺」等注解沒有
「盡實」的問題上，進一步提出佐證，即所謂「突破注疏的侷限」〔註52〕，並
重申「注例研究」〔註53〕，回歸「正統派學風」，遵循漢代經訓，對於李善〈注〉
與五臣〈注〉之注例行以更為詳盡的反饋。

〔註46〕《文選舊註輯存》，頁 6656。

〔註47〕劉鋒、汪翠紅編：《文選資料彙編　序跋著錄卷》（北京：中華書局，2019 年 4
　　　　月），頁 8。

〔註48〕《文選舊註輯存》，頁 6656。

〔註49〕《選學膠言》，第 8 冊，頁 408。

〔註50〕《選學膠言》，第 8 冊，頁 490。

〔註51〕《選學膠言》，第 8 冊，頁 405。

〔註52〕對於反動所謂「依經解經、疏不破注」的情況究竟始為何者？一直是學術界討
　　　　論的問題。開想第一槍的學者或許不需特意角尖，而是應該將眼光放寬在整
　　　　個時代，放眼整個清代，讓「突破注疏的侷限」似乎成為讀書人的一項要課；
　　　　當然依梁啟超的定義認為受到改朝換代的壓力，也受到當時清朝政治社會上
　　　　的壓力，再者受到時代變遷的壓力。種種跡象統括來說，是印證清代學者所面
　　　　臨思想轉變的箇中轉圜，也就是說，改朝換代需要反省，政治壓迫需要妥協，
　　　　時代變遷需要出路，而當時讀書人就在各種壓力下尋求新的契機，對於傳統，
　　　　學問興起反思與突破。
　　　　漆永祥：《乾嘉考據學研究》（北京：北京大學出版社，2020 年 7 月），頁 84
　　　　～95。

〔註53〕胡育來：《張雲璈論考》，蘇州大學碩士學位論文，2006 年 5 月，頁 28～30。

（二）按語判斷

誠如前述，《選學膠言》案語中引用「古籍文獻」與「他人攷證成果」，如下圖何晏〈景福殿賦〉「爰有遐狄，鐐質輪菌。」李善〈注〉：「遐狄，即長狄也。以鐐為質輪菌然也。」〔註54〕而何焯補充：「《魏略》曰：『大發銅鑄作銅人二，號曰「翁仲」，列坐於司馬門外。』」而張雲璈亦補充之，如圖：〔註55〕

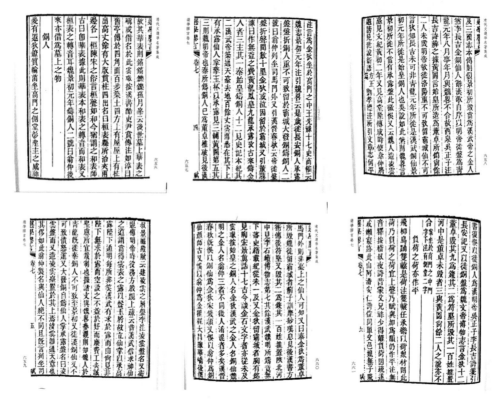

該處張雲璈篇名作「銅人」，直引王鳴盛《十七史商榷》的攷證成果，並佔據 5 頁有餘；最後以「雲璈按」作總結判斷。王氏汲引《史記》、《後漢書》、《魏略》、《漢晉春秋》、《博物志》、《續博物志》、《三輔黃圖》、《世說新語》……等書，〔註56〕補充說明「銅人」在歷代的各方說法以及變化，相當詳細，但王氏於此條沒有肯定的結論。而張雲璈有其自己的「按語判斷」：

> 雲璈按：始皇之銅人，名金狄；漢武之金人，名銅仙；魏明之金人，

〔註54〕《文選舊註輯存》，頁 2335。

〔註55〕《選學膠言》，第七冊，頁 656～660。

〔註56〕〔清〕王鳴盛：《十七史商榷》（上海：上海古籍出版社，2014 年 4 月），頁 283～284。

名翁仲。三者不同，後人混淆者多矣。《漢晉春秋》既悞以銅仙為金狄；宋錢顥又悞以翁仲為銅仙；顏師古又悞以翁仲為金翟。程大昌據華嶠《後漢書》復悞以徙銅人為漢明帝；吳正子、李長吉詩箋引《長安記》又以徙銅為魏文帝《博物志》言金狄十二，董卓毀其九為錢，其二為符堅所毀，其一百姓推置河中。是董卓未毀者三，與《黃圖》尚餘二人之說亦不合。〔註57〕

　　對於有歧異的「典章名物」，張雲璈會戮力找尋資料補充；而當前人已有先行攷證的成果，則張雲璈會於最後給予一個確定的答案。像是上述「銅人」的問題，張雲璈認為銅人與金人不同，加上秦漢到魏晉大體有三種名稱，大致上會淆誤的原因在於李善不了解時代別稱，將魏時的器物冠以秦時的別稱，造成乖錯。當然，在唐代以前該誤說法已紛雜，過非獨在李善，但是學術上還是需要給出一個精確分析與解答，於此張雲璈《選學膠言》中每一條「案語」就有其特殊性，貢獻性、獨特性也與其他清儒劃別，也是《選學膠言》一書的特色。

三、《選學膠言》缺失

　　《選學膠言》統共 21 卷，部頭之大、內容之豐，優秀之餘瑕不掩瑜。本論從中發現：第一、每筆條案基本是張雲璈的學問功力與觀點，並有其宗族子弟協助校勘，但校勘過程有部分錯誤，除錯別字外，「書名與篇名」、「人名與職稱」倒錯、文獻徵引錯誤……等，屬嚴重的缺失，但校勘者卻未剔出乖誤。於下我們可以觀察些例子。

（一）分工情況

　　《選學膠言》統共 21 卷，協助校勘者 14 人，分工表如下：

選學膠言各卷分工表	卷一	姪男　襲	卷十二	外孫　金聘齡
	卷二	男　　韶武	卷十三	孫壻　仇瑛
	卷三	男　　袀	卷十四	孫婿　陳鸞
	卷四	孫男　之杲	卷十五	姪男　襲
	卷五	姪孫　之慎	卷十六	男　　韶武
	卷六	姪孫　之惠	卷十七	男　　袀
	卷七	曾孫　上尊	卷十八	孫男　之杲
	卷八	曾孫　上林	卷十九	曾孫　上尊

〔註57〕《選學膠言》，第 7 冊，頁 656～660。

卷九	曾孫 上達	卷二十	曾孫 上林
卷十	外孫 金長齡	補遺	曾孫 上達
卷十一	外孫 嵇侃		

（二）校勘缺失

校勘缺失部分可分為 4 種，以下擷取並分述之：

1. 錯別字

錯別字是很直觀的問題，尤其非創作用法時，讀書人不會肆意替代其他文字，尤其在其他文獻沒有觀察到有類似用法時，一定層度可以肯定為該處有誤，如：

> 引沈括《夢溪筆談・辯證二》云云。

原文作《夢溪筆談・辯證門》。「門」應改為「二」為正。〔註58〕

> 雲璈按王弼〈注〉云：「至夕惕，猶若厲也。」《漢書・王莽傳》：「《易》曰：『終日乾乾，夕惕若，厲。』」公之謂矣。《蜀志》：「羣下上先主為漢中王，表曰：寤寐永歎，夕惕若厲。」漢人皆以厲字屬上，無異讀音。故輔嗣因之，自必田楊以來句法如是，觀此賦亦然。……。

〔註59〕

文中「無異讀音」原文作「無異讀者」，與理不通；「讀者」應改為「讀音」為正。

2. 書名與篇名錯誤

按中文古典語法，當書名在前，篇名（章節）在後。如：

> 按語「《淮南子・呂覽》同《戰國策》，楚王遊於雲夢、宋玉〈高堂賦〉……。」〔註60〕

原文作「呂覽淮南子」，應改為「淮南子・呂覽」為正。

> 雲璈按《左傳・文五年》：「皋陶庭堅不祀，諸忽。謂蓼與六不能建德，結援大國，忽然而亡也。」〔註61〕

原文為「文五年左傳」，應改為「左傳文五年」為正。

〔註58〕參《選學膠言》，第七冊，頁 387～388。
〔註59〕參《選學膠言》，第八冊，頁 32～33。
〔註60〕參《選學膠言》，第七冊，頁 541。
〔註61〕《選學膠言》，第八冊，頁 285。

3. 人名與職稱倒錯

按中文古典語法之慣例，當姓名與職稱連用時，其順序為「姓─職稱─名」。如：

> 孫侍御志祖曰：按《說文》「又部」刷字注拭也。……。〔註62〕

《選學膠言》原文作「孫侍御曰志祖」，誤也。應改為「孫侍御志祖曰」為正。

4. 文獻徵引錯誤

文獻徵引是否有誤，即今人追朔兩造出典與原文是否一致即可，若無法溯尋，極可能徵引錯誤，如：

> 又觀《宋書》明帝射雉無所得，謂侍臣曰：「吾且來如皋，空行，可笑。」。陳蕭有射雉詩：「今日如皋路，能將巧笑回。」皆作地名解。
> 〔註63〕

查《齊書》：

> 「從宋明帝射雉，至日中，無所得。帝甚猜羞，召問侍臣曰：『吾旦來如皋，遂空行，可笑。』座者莫答。」〔註64〕

雖是記載宋明帝事蹟，但文獻僅於《齊書》查見，非《宋書》。

　　總論上述，《選學膠言》一書不僅收羅內容龐大，張雲璈本人也獨具批判精神，敢於糾謬前人觀點。此外，校對團隊也是陣仗龐大，更顯《選學膠言》所投入的人力與心血是受到重視的。綜觀一部分缺失可以知曉，其宗族子弟在校對時不甚嚴謹，且一部分錯誤是本質上讀書人不應當犯的，但當然也可懷疑是張雲璈筆誤，子弟在校勘時不敢妄加更動，而使得錯誤沿留至今。不論如何，《選學膠言》不因這些缺失而降低其學術性；換個觀點說，《選學膠言》的「膠」有著「膠著（音卓）」疑問的意義〔註65〕，即重在申論要點、補充說明，將問題熱點擷取提出，可謂攷證之大成。

〔註62〕參《選學膠言》，第七冊，頁493。

〔註63〕參〔南朝梁〕蕭子顯：《南齊書》，收於《二十四史》（北京：中華書局，1997年11月），頁151。

〔註64〕參〔南朝梁〕蕭子顯：《南齊書》，收於《二十四史》（北京：中華書局，1997年11月），頁151。

〔註65〕張氏自〈序〉：「言語辨聰之說而不度於義者，謂之『膠言』。」見《選學膠言》，第7冊，頁247～251。

第二節　與徐攀鳳「《文選》學」盤互

誠如本論闡述，徐攀鳳與張雲璈不僅生卒年相仿、居住位置相近，且同時著治《文選》。表面上本論未有發現確切書信、遊歷事證可以證明兩人之間的關係，但在《選》學著作上卻有高度地相似。是故值得釐析「二人之間的關聯」，以及「《選》學盤互」的情況，以證明雙方在《文選》上「英雄所見略同」。

一、交往推測

首先，在討論雙方「《選》學」盤互之前，不免俗需要探究二人所謂的「共同點」，除了俱治《選》外，「生卒方面」已知徐攀鳳（1740～1803 年）生於乾隆五年，嘉慶八年卒；而張雲璈（1747～1829 年）生於乾隆十二年，道光九年卒；雙方幾生卒相差無幾，此第一共同點。再者「家世方面」，張氏長輩均在雍正、乾隆朝間擔任中央要職，父張映辰（1712～1763 年）為兵部右侍郎〔註66〕、兩舅梁詩正（1697～1763 年）、〔註67〕嵇璜（1711～1794 年）均為大學士。〔註68〕故張雲璈自幼處於一新興之大家族；徐雲璈則為明朝中後期之宰相家族，深耕松江一代。故雙方皆屬官宦後代。以門第來說，兩人確實相仿，此第二共同點。其中「生平方面」，張雲璈早年尚有做過知縣，晚年則因父親夙亡，自身疾病而回杭州定居讀書終老；相形之下，徐攀鳳雖未為仕，亦是長期居家讀書，雙方皆是「不進官場潛心著述」，此第三共同點。最後，雙方可能同屬一個「學術圈」，因「雙方居住地」，徐攀鳳居於松江（今上海）婁縣為主，尚未發現有其他遊歷居處；張雲璈生於浙江錢塘縣（杭州），隨父到過北京，任官時又居揚州三十年，晚年歸故杭州城。〔註69〕雖看似兩縣，實則不論是清朝劃界與今日地理界定，雙方幾乎居於錢塘江北岸活動。〔註70〕

〔註66〕 周駿富編：《國朝耆舊類編初編》，收於《清代傳記叢刊》（台北市：明文書局，1886 年 1 月），第 144 冊，頁 635～638。

〔註67〕 周駿富編：《清史列傳》，收於《清代傳記叢刊》（台北市：明文書局，1886 年 1 月），第 91 冊，頁 192～194。

〔註68〕 周駿富編：《皇清書史》，收於《清代傳記叢刊》（台北市：明文書局，1886 年 1 月），第 83 冊，頁 613～614。

〔註69〕 胡育來《張雲璈論考》認為張雲璈在乾隆二十三年，梁詩南（藇林先生）去世杭州時即在杭州，居於杭州城北梅東橋。參胡育來：《張雲璈論考》，蘇州大學碩士學位論文，2006 年 5 月，頁 3～16。

〔註70〕 若以一般情況而言，兩人皆屬政治世家，以地理位置、門第來說，就算官場上無所互動，地界上讀書人的交流互動不免於俗。但詫異的是，張雲璈的文集中幾乎隻字未提松江徐家的相關人士；反之，本論也未觀察到徐氏任何家族以

本論整理徐攀鳳、張雲璈與當地學術界的關係，串聯如下圖：

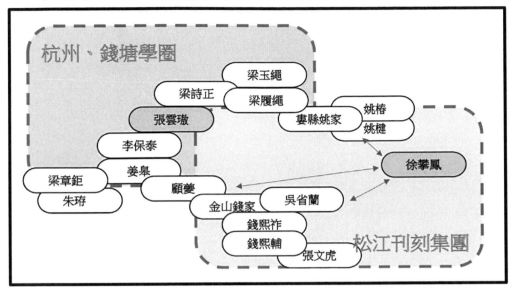

大部分與張雲璈關係密切者，諸如：梁氏兄弟、李保泰、姜皋等，學者胡育來已經為之討論，皆與張雲璈親密友好。〔註71〕從中可發現兩條線索勾兌雙方關係：

第一條為李寶泰婿——姜皋。姜皋，生卒年不詳。〔註72〕姜皋本身雖與張雲璈無直接聯繫，〔註73〕但姜皋是最主要能夠繫串徐、張雙方的關鍵學者，主

外的學者為其題寫序跋或墓誌銘或有與張雲璈交流。而從張雲璈的作品觀察，其結友頗多，聲名噪遠，且著作之序跋、大量唱和詩作，以及卒後學者為之題墓誌銘，可以得證其名氣；因此，我們必須擴大到雙方的學術圈，藉此觀察雙方交流的可能性。當然，由於徐攀鳳的紀錄甚少，能夠剝繭蛛跡之處甚少，故當由張雲璈起始繫連。〔清〕宋如林等修、孫星衍等纂：《松江府志》（清·嘉慶20年刊本），收於《中國方志叢書》（台北：成文出版社，1970年5月），總頁23～37；〔清〕龔嘉儁等修：《松江府志》（民國11年鉛印本），收於《中國方志叢書》（台北：成文出版社，1970年5月），總頁237。

〔註71〕 胡育來：《張雲璈論考》，蘇州大學碩士學位論文，2006年5月，頁10～24。

〔註72〕《文選旁證·凡例》言：「華亭姜小枚明經皋。」表示姜皋，字小枚，華亭人。然本論複查華亭相關縣志，中苦無果；但於《松江府志》（嘉慶20年刊本）編輯群中得見「總校　郡人姜皋」等字樣，推論姜氏本人可能具一定的學術水平，得以資助梁章鉅在《文選旁證》的成果，以及協助省級政府編輯府志，可見非等閒人者。〔清〕梁章鉅：《文選旁證》（清·道光18年刻本），《清代文選學名著集成》（揚州：廣陵書社，2013年11月），第9冊，頁11。

〔註73〕 胡育來認為姜皋主要活動於揚州、松江、華亭一帶。筆者複查張雲璈《簡松草堂詩文集》除序言亦同《選學膠言》有應澧、馬履泰、李寶泰等序言，姜氏俱

要姜氏與松江、浙江兩地之學者多有來往，且參與縣志編修；〔註74〕也曾組織過「泖東詩社」，《松江府續志》載：

> 華亭欽善、顧鴻聲、……姜皋、顧夔；婁縣顧子瀛、夏璿、毛遇順、……；嘉慶辛未（16年）壬申間結為詩社，……。甲戌合梓之名——「泖東」。〔註75〕

而文中所提到另一學者「顧夔」亦是華亭人，辭官後於松江府金山縣講學，後協助錢家校訂書目。而徐攀鳳的《選學糾何》即是顧夔所校。〔註76〕

顧夔協助之錢家是金山當地著名的刊書集團，以錢熙祚（1800～1844年）為首組織其族兄胞弟：錢熙咸（？～？年）、錢熙經（1796～1861年）、錢熙恩（？～？年）、錢熙輔（？～？年）、錢熙泰（？～？年）、錢熙哲（？～？年），並網羅松江一代宿儒協助校勘，〔註77〕諸如：姜皋、顧夔、顧觀光、張文虎（1808～1885？年）等輯《守山閣叢書》、《小萬卷樓叢書》、《續藝海珠塵》，準之以「文淵閣」，一時考據家稱善本焉。〔註78〕其中，《藝海珠塵》本是由錢熙輔婦翁吳省蘭所輯，然時僅輯甲至辛8集，〔註79〕錢熙輔補輯松江一代學者作品為壬、癸二集為《續藝海珠塵》，《選注規李》、《選學糾何》即是由錢熙輔主持。〔註80〕

第二條為婁縣——姚家。姚椿、槵兄弟與張雲璈以及其外舅梁詩正孫梁玉繩、履繩均友好，屬於親戚關係。姚椿（1777～1853年），字春木，國子監生

在列外，詩、文不見有與姜皋的唱和或書信。可見兩人可能認識，但不密切。胡育來：《張雲璈論考》，蘇州大學碩士學位論文，2006年5月，頁12。

〔註74〕〔清〕宋如林等修、孫星衍等纂：《松江府志》（清·嘉慶20年刊本），收於《中國方志叢書》（台北：成文出版社，1970年5月），總頁20。

〔註75〕〔清〕博潤等修、姚光發等纂：《松江府續志》（清·光緒9年刊本），收於《中國方志叢書》（台北：成文出版社，1970年5月），總頁3981。

〔註76〕〔清〕博潤等修、姚光發等纂：《松江府續志》（清·光緒9年刊本），收於《中國方志叢書》（台北：成文出版社，1970年5月），總頁2365。

〔註77〕王曉雪：《張文虎年譜》，南京師範大學碩士論文，2020年5月，頁18、204。

〔註78〕周駿富編：《清代樸學大師列傳》，收於《清代傳記叢刊》（台北市：明文書局，1886年1月），第83冊，頁603～604。

〔註79〕吳省欽、蘭俱在乾隆二十八年博得舉人功名，並一塊進入中央編修、翰林院侍讀等職，連坐和珅案故受辭，終長期於松江刊書。〔清〕金福曾修、張文虎等纂：《南匯縣志》（民國16年重印本），收於《中國方志叢書》（台北：成文出版社，1970年5月），總頁1043～1045。

〔註80〕〔清〕博潤等修、姚光發等纂：《松江府續志》（清·光緒9年刊本），收於《中國方志叢書》（台北：成文出版社，1970年5月），總頁2396。

應試京兆，因不願合汙權貴進呈禮品而歸鄉，主景賢書院講習；〔註81〕姚椿長期深耕婁縣，獎勵後進學子，培養大量的學子。其弟姚楗（？～？年），字建木，嘗任河南盧氏縣知縣，因母喪歸，不復，與兄潛心學問，「遠近皆稱『二姚』」。〔註82〕而姚楗即主校《選注規李》，亦受錢熙輔所攏集協助。職是之故，我們可以看見松江刊刻集團與張雲璈的關聯可以毗連的。

　　松江刊刻集團在出版業上的重要性在於其收羅了地方學者的作品，這些都是很多藏書家所忽略的。事實上，不論是松江刊刻集團或是其他出版集團，他們的意義即象徵保存典籍的重要地位，尤其錢家的刊刻書目，多為非主流之傳統典籍，部分蒐羅「醫學」、「水利」等罕用書籍，皆各府縣志藝文志中所未收，而徐攀鳳二《選》因此才得以保留。

　　進言之，協助校勘的姚楗、顧廣是看過徐攀鳳的作品，這是肯定的，但張雲璈有沒有因為學友之間的交流，進而得知徐攀鳳的觀點，這恐怕還需要攷證。

　　綜合上述，雖然從兩條線索中我們鉤稽大量江南一代的學者，看似與徐攀鳳無直接關係，但從學友圈中間接繫連與張雲璈的關係。換個角度解析，我們是否能看作這是一個「江南士林」為主的學術圈？透過徐、張雙方的學友學圈，實際貫串著江南一代的學者；換言之，就算徐、張二人可能認識或不認識，但統歸於一個特定的文化區域，部分想法來源或許來源一致，進而產生高度的雷同性。

二、論述雷同

　　再談徐攀鳳、張雲璈二人在「注解」語句上「雷同」的概況。

　　首先，我們先釐清雙方成書或刊刻的時間點：徐攀鳳成書時間不詳，但作品收錄《續藝海珠塵》於道光三十年（1850 年）；〔註83〕查徐自立重輯家譜於乾隆四十七（1782）年定稿，時即言〈十三世歲貢生桐巢公〉已言：「讀《選》二種行世。」判斷，〔註84〕約於 42 歲時可能成書，且在家族內有所流傳。而

〔註81〕周駿富編：《清史稿》，收於《清代傳記叢刊》（台北市：明文書局，1886 年 1月），第 94 冊，頁 756～757。

〔註82〕〔清〕博潤等修、姚光發等纂：《松江府續志》（清‧光緒 9 年刊本），收於《中國方志叢書》（台北：成文出版社，1970 年 5 月），總頁 2389～2390。

〔註83〕王曉雪：《張文虎年譜》，南京師範大學碩士論文，2020 年 5 月，頁 62。

〔註84〕〔清〕徐自立、徐與蕃增修：《徐氏族譜》，收於《上海圖書館藏珍稀家譜叢刊》（上海：上海科學技術文獻出版社，2016 年 3 月），第 13 冊，頁 767。

《選學膠言》出版方面有諸多說法，從李保泰序言於嘉慶二年（1797年）、應澧序言於嘉慶三年（1798年）推論，以及吳錫麒序言於嘉慶九年（1804年）等年份推論，在嘉慶初年，《選學膠言》已有粗淺的草稿，並有先與李、應等學友交流，但尚未刊刻；〔註85〕又張雲璈自序《選學膠言》始得付梓約為道光二年至三年間（1821～1822年），並明言「從事幾三十年」〔註86〕，而時年76歲，推算約46歲（乾隆五十七年，1792年）從事考證《昭明文選》的作業，故徐攀鳳成作可能早於張雲璈近10年。〔註87〕

其次，《選學膠言》一書由1234條目集合成書，內容廣涉：山圖水注、名物訓詁、音聲校勘等，包羅萬象，並以「批校兼評」的形式呈現。〔註88〕與徐攀鳳最顯著差異在於《選學膠言》部頭較大，足為《選注規李》、《選學糾何》二書條目數量相加之3倍有餘，且闡述細緻。以《選注規李》、《選學糾何》二書共359條審視與《選學膠言》盤互的情況，「相似」之條目共有154條，分別佔徐氏二《選》42.8%，佔《選學膠言》12.4%；但換個角度檢視，《選注規李》、《選學糾何》有202條為張雲璈所未觀察之條目，因此在某些觀點的攷證上仍有出入。

「古人之訓詁，後人未發明，輒取一隅之見。」〔註89〕當發現議題，每位

〔註85〕《選學膠言》，第7冊，頁237～246。

〔註86〕《選學膠言》，第7冊，頁250～251。

〔註87〕張雲璈文章中屢引孫志祖、胡克家說法之下，孫志祖《文選考異》成於嘉慶三年（1798年）、胡克家《文選考異》刊嘉慶十四年（1809年），均俱晚於徐攀鳳。

〔註88〕胡育來《張雲璈論考》一論中統計為「1200多條」、王小婷《清代文選學研究》統計為「1239條」、唐小茜《選學膠言研究》統計為「1242條」。筆者重新統計三影閣叢書本《選學膠言》，正文廿卷，補遺一卷，共廿一卷；據統計當為1234條為正，最主要原因在於《選學膠言》「行款」半葉10行，慣例為「首行：選學膠言目錄、次行：卷別、三行始：每行兩筆條目」，但胡氏、王氏計算刻版條目時恐未注意部分行中具「僅一條」或「一條跨兩行」等，甚在三影閣叢書本卷八「烏椑柿、朱仲李」當為兩條，卻同靳一條之情況，故易誤算；至於本論統計與唐小茜差距8條，這確實難以詳查，主要目前沒有學者全然羅列《選學膠言》的一千多筆條目，因此無法準確對校。參胡育來：《張雲璈論考》，蘇州大學碩士學位論文，2006年5月，頁27、王小婷：《清代文選學研究》（上海：上海古籍出版社，2014年9月），頁215、《選學膠言》，第8冊，頁3、唐小茜：《選學膠言研究》，貴州大學碩士學位論文，2021年5月，頁8。

〔註89〕〔清〕王引之撰、虞思徵等點校：《經義述聞》（上海：上海古籍出版社，2016年11月），總頁2。

學者能否在攷證上「如出一轍」？抑或是「別出心裁」？事實上，某些議題的源頭或許一致，進而導致後代學者攷證時徵引是一樣的，比如「唯唯」一詞，在先秦、兩漢典籍中俱出現《說苑》、《韓詩外傳》、《戰國策》等。訓詁上，直觀會以這些材料作訓詁，次則才會旁徵他籍；又如司馬遷〈報任少卿書〉：「今少卿抱不測之罪。」屬於專獨史事，徐攀鳳、張雲璈俱引《漢書‧劉屈氂傳》〔註90〕的情況也是可以理解。因此，各家訓詁的結果原則不會相差太多的道理即在於此；是故，「如初一轍」的現象本此。又比如左思〈蜀都賦〉：「蒟醬流味於番禺之鄉。」的攷證，徐攀鳳引《漢書音義》：「蒟醬者，蒟似穀葉，如桑作醬，酢美，蜀人以為珍味。」〔註91〕反之，張雲璈引《酉陽雜俎》：「蒟醬，根大，如椀，至秋，葉滴露……。」佐證；〔註92〕雙方分執不同材料訓詁，表示對於訓詁標的認知、看法不同，因而能「別出心裁」。

　　進言之，雙方在《文選》學的成果值得觀察，尤其在看不出雙方有交往的跡象下，對於《義門讀書記》、李善〈注〉的諸多相似處則甚為可疑，本論撿取相似者，分為「按語內容相似」、「引證典籍順序一致」、「觀點一致」三類，於下細列陳數：

（一）評價《義門讀書記》按語內容

	《義門讀書記》	《選學糾何》	《選學膠言》
班固〈東都賦〉「乘時龍。」	《後漢書》注：「馬八尺以上為龍。」《月令》：「春為蒼龍」，各隨四時之色，故曰時也，李引《易》非。〔註93〕	〈東京賦〉：「時乘六龍」，李〈注〉亦引《周易》而曰：「各隨其時乘之。」何之譏李，即用其說。〔註94〕	……雲璈按〈東京賦〉：「……時乘六龍。」蓋即用〈東都〉語，則此以時龍為時，乘六龍亦無不可，且李氏於〈東京賦〉注固明，言各隨其時而乘之。何之譏李，即用其說。〔註95〕
潘岳〈西征賦〉「歲次元枵。」	：「元枵，歲星。」所歷論太歲而曰：「元	徐案：「歲星」、「太歲」，元各不同，然如	雲璈按「歲星」與「太歲」，各自不同，「歲

〔註90〕《選注規李》，葉 29 左；《選學膠言》，第 8 冊，頁 547。
〔註91〕《選注規李》，葉 7 右。
〔註92〕《選學膠言》，第 7 冊，頁 451～452。
〔註93〕《義門讀書記》，頁 860。
〔註94〕《選學糾何》，葉 3 右。
〔註95〕《選學膠言》，第 7 冊，頁 332～333。

	枵。」疑誤。至今云「歲次」者，誤自安仁，此文始。〔註96〕	王莽〈銅權銘〉曰：「歲在大梁，龍集戊辰。」是以歲為歲星；龍為太歲也。魏文昌〈殿鍾簴銘〉：「歲在丙申，龍集大火。」是以歲為太歲，龍為歲星也。太歲言在，亦言集歲；星言集，亦言在次，即集也。古人蓋已通用。〔註97〕	星言次，太歲言在。」《癸辛雜識》引王莽〈銅權銘〉云：「歲在大梁，龍集戊辰。」以歲為歲星；龍為太歲。魏文昌〈殿鍾簴銘〉：「歲在丙申，龍集大火。」則以歲為太歲，龍為歲星。蓋……古人已通用，不始自安仁。〔註98〕
謝惠連〈秋懷〉	全用對偶成篇。〔註99〕	此對偶中，如：「雖好相如達，不同長卿慢。」一人兩用，奇之又奇。因記劉琨〈重贈盧諶〉詩：「宣尼悲獲麟，西狩涕孔某。」亦是此例。東坡〈獨樂園〉：「兒童詢君實，走卒知司馬。」殆戲仿之與？〔註100〕	「雖好相如達，不同長卿慢。」一人兩用以為對。按劉琨〈重贈盧湛〉詩云：「……」亦如是。疑六朝人原有此格，然不特此也。……。後東坡〈獨樂園〉：「見童誦君實，走卒知司馬。」蓋傚之也。竊謂此等並非古人佳處，雖有之，不必學。〔註101〕
范曄《後漢書·二十八將傳論》「論曰：『中興二十八將，前世以為上應二十八宿。』」	此說疑出緯書。〔註102〕	非也。辯詳上卷《規李》。所謂「二十八將」者：鄧禹、馬成、吳漢、王梁、賈復、陳俊、耿弇、杜茂、寇恂、傅俊、岑彭、堅鐔、馮異、王霸、朱祐、任光、祭遵、李忠、景丹、萬脩、	《後漢書·二十八將傳論》：「……。」雲璈按：光武功臣尚有郎中將征羌侯來歙，帝方以隴蜀為憂，歙自請使隴，往復說隗囂，囂遂遣子入質，及囂叛，又至略陽斬囂，……，歙之忠勳

〔註96〕 《義門讀書記》，頁871。
〔註97〕 《選學糾何》，葉8。
〔註98〕 《選學膠言》，第7冊，頁616～617。
〔註99〕 此條不見於崔本《義門讀書記》。
〔註100〕 《選學糾何》，葉15左～葉16右。
〔註101〕 《選學膠言》，第8冊，頁165～166。
〔註102〕 《文選舊註輯存》，頁10141；《義門讀書記》，頁968。

| | | 蓋延、邳彤、姚期、劉植、耿純、王常、臧宮、李通、馬武、竇融、劉隆、卓茂是也。馬援以椒房之親不與，又有來歙圖畫，亦不及，或謂歙光武外兄弟。故憋置之要，亦千古闕憾。〔註103〕 | 如此，帝之信任又如此，而雲臺之圖畫不及，實為千古之憾事，豈以顯宗追述……。〔註104〕 |

第一條「乘時龍。」最值得關注，該條對何焯的說法，雙方均表示贊同，姑且不深論字義為何？單就「何之譏李，即用其說。」一句，徐、張二人語句一致，此一例也；次條「歲次元楬。」中，張雲璈於文前明言其引宋代周密《癸辛雜識》，然周密語係「王莽〈銅權銘〉……魏文昌〈殿鍾簾銘〉：……則以歲為太歲，龍為歲星。」〔註105〕徐攀鳳則無，但雙方案語「歲星、太歲，元各不同」極為相似，且文後結論：「古人蓋已通用」一致，若張雲璈此條單純採取《癸辛雜識》，「古人蓋已通用」或可使用原文「義得兩通」〔註106〕，此二例也；最後，謝惠連〈秋懷〉之中除引用劉琨〈重贈盧諶〉與蘇軾〈獨樂園〉一致外，另「一人兩用」極其相似，此三例也。

當然，所謂「文言有些表達方式很普通。」〔註107〕古漢語語法在闡述上即有標準之「主動賓結構」（此相對於創作而言）。〔註108〕換言之，單純「敘事句」的用法在每個讀書人使用下，每個詞性的位置不會相差太多，但之中「近義字」、「近義詞」的轉換則關乎使用者底蘊，如「殆戲仿之與」、「蓋傚之也」二句，意思俱有「模仿（司馬相如）」之意，差別在於一則為疑問句，一則肯定句。

再觀察范曄《後漢書·二十八將傳論》該條，雙方均引《後漢書》，繼之申論，並提及「來歙」，〔註109〕徐攀鳳予之評價為「千古闕憾」，張雲璈評價

〔註103〕《選學糾何》，葉29左～葉30右。
〔註104〕《選學膠言》，第8冊，頁675～677。
〔註105〕〔南宋〕周密：《癸辛雜識》（北京：中華書局，1997年12月），頁101～102。
〔註106〕〔南宋〕周密：《癸辛雜識》（北京：中華書局，1997年12月），頁102。
〔註107〕劉景農：《漢語文言語法》（北京：中華書局，1994年，月不詳），頁18。
〔註108〕劉景農：《漢語文言語法》（北京：中華書局，1994年，月不詳），頁113～138。
〔註109〕《後漢書·李王鄧來列傳》：「來歙字君叔，南陽新野人也。六世祖漢，有才力，武帝世，以光祿大夫副樓船將軍楊僕，擊破南越、朝鮮。」參〔南朝劉宋〕范曄：《後漢書》，《二十四史》（北京：中華書局，1997年11月），頁168。

為「千古之憾事」，兩人所差無幾。當然本論僅揀取部分「按語內容相似」條目，於下繼看雙方盤互的其他證據。

（二）引證典籍次序

	李善〈注〉	《選注規李》	《選學膠言》
左思〈魏都賦〉「都護之堂，殿居綺窗。」	闕。	徐案：〈霍光傳〉：「鴞數鳴殿前樹上。」師古曰：「古者，室高屋上通呼為殿。」〈黃霸傳〉：「丞相與中二千石博士雜問郡國上計長吏守丞，為民除害興利者為一輩，先上殿。」師古曰：「殿，丞相所坐屋。」固知都護之堂，亦可稱殿。〔註110〕	……雲璈按是人臣之堂亦稱殿矣。考《漢書·霍光傳》：「鴞數鳴殿前樹上。」師古曰：「古者，室高屋上通呼為殿耳。」非止天子宮中。〈黃霸傳〉：「丞相與中二千石博士雜問郡國上計長吏守丞，為民除害興利者為一輩，先上殿。」師古曰：「殿，丞相所坐屋。」《三國志》……。〔註111〕
阮籍〈詠懷詩〉「黃金百溢盡。」	《國語》〈注〉曰：「一溢二十四兩。」〔註112〕	古「溢」、「鎰」字通，《荀子·儒效篇》：「千溢之寶。」《韓非子·五蠹篇》：「鑠金百溢。」旁皆從「水」。〔註113〕	……雲璈按「溢」與「鎰」通，《漢書·食貨志》：「黃金以溢為名。」《荀子·儒效篇》：「千溢之寶。」《韓非子·五蠹篇》：「鑠金百溢。」皆是。《禮·喪大記》：「朝一溢米夕。」「一溢米」注：「『溢』與『鎰』同。」〔註114〕

誠如前文所述之「如初一轍。某些議題的源頭或許一致，進而導致後代學者攷證時徵引一致」，再加上徵引典籍的時代順序都是由遠至近，故在安排上往往一致。從上表左思〈魏都賦〉為例，由於李善未注「都護之堂，殿居綺窗」八字，是故徐、張二人補注，兩筆資料出於《漢書》，其中雙方所引〈循吏傳〉（黃霸傳）的部分與《漢書》原文有出入，見下表：

〔註110〕　《文選舊註輯存》，總頁1319；《選注規李》，葉8。
〔註111〕　《選學膠言》，第7冊，頁490～491。
〔註112〕　《文選舊註輯存》，總頁4281～4283。
〔註113〕　《選注規李》，葉21右。
〔註114〕　《選學膠言》，第8冊，頁162～163。

徐攀鳳	丞相與中二千石博士雜問郡國上計長吏守丞，為民除害興利者為一輩，先上殿。
張雲璈	丞相與中二千石博士雜問郡國上計長吏守丞，為民除害興利者為一輩，先上殿。
《漢書》原文	竊見丞相請與中二千石博士雜問郡國上計長吏守丞，為民興利除害成大化條其對，有耕者讓畔，男女異路，道不拾遺，及舉孝子弟弟貞婦者為一輩，先上殿，舉而不知其人數者次之，不為條教者在後叩頭謝。〔註115〕

　　兩人在行文上大致無二，但對比《漢書》，除主詞「張敞奏霸曰」被省略外，以降「竊見」、「成大……」、「舉而不知其人數者次之，不為條教者在後叩頭謝」等統共31字，俱被省略，雙方引文減省完全一致，非常可疑。

　　次條阮籍〈詠懷詩〉：「黃金百溢盡」，雙方均表明「古『溢』、『鎰』字通」，後徵引《荀子・儒效篇》、《韓非子・五蠹篇》。此處順序一致外，不約而同引用《荀子》及《韓非子》二書資證，這是一個問題。若要訓詁作為量詞的「溢」字，先秦、兩漢有諸多典籍可以補充佐證，如本論查《史記》、《漢書》、《風俗通義》、《管子》均有提及「黃金百溢」，但雙方俱恰好採用相同典籍。

　　再看同樣是引證典籍次序的一個例子：

	李善〈注〉	《選注規李》	《選學膠言》
枚乘〈上書諫吳王〉「欲湯之滄。」	滄，寒也。〔註116〕	《列子》：「滄滄涼涼。」、《逸周書》：「天地之間有滄熱。」「滄」字旁從「冰」，不從「水」。〔註117〕	雲璈按「倉」應從「冫」，楚亮切。《逸周書》：「天地之間有滄熱。」、《列子・湯問篇》：「滄滄涼涼。」今刻從「水」，非也。《漢書》作「滄」。〔註118〕

　　「倉」字此處係從「冫」或從「水」，起開討論。當然，主要關注的要點在於雙方徵引典籍的順序，可以發現《列子》與《逸周書》的順序不同，或許《列子》與《逸周書》兩書的先後頗有爭議，導致雙方未呈現一致。但綜觀兩書所徵引資料，大部份順序一致，此僅是少數幾條順序不一致的例子。繼之再看「觀點一致」的例子。

〔註115〕灰底為《漢書》原文。
〔註116〕《文選舊註輯存》，總頁7830。
〔註117〕《選注規李》，葉28左。
〔註118〕《選學膠言》，第8冊，頁515。

（三）補充李善〈注〉觀點一致

	李善〈注〉	《選學糾何》	《選學膠言》
班固〈兩都賦序〉「外興樂府協律之事。」	李〈注〉：《漢書》：「武帝定郊祀之禮」，乃立樂府，以李延年為協律都尉。〔註119〕	徐案：樂府之立在武帝，《先漢·禮樂志》：「孝惠二年，使樂府令夏侯寬備其簫管。」蓋樂府雖有其官，惟采詩入樂自武帝始。鄭夾漈云。〔註120〕	按《漢書·禮樂志》：「武帝定郊祀乃立樂府采詩，夜誦有趙代秦楚之謳，以李延年為協律都尉，多舉司馬相如等造詩……。」然鄭夾漈之言曰：「樂府雖由其官，惟采詩入樂自武帝始。」似樂府之名不起於武帝，又《漢書·禮樂志》……。〔註121〕
張衡〈南都賦〉「帝王臧其擅美，詠南音以顧懷。」	李〈注〉：《左氏傳》：「鍾儀囚於晉，與之琴，操南音。」〔註122〕	徐案：《左傳》所言非美事。此承「帝王擅美」句來，當引〈呂子·音初篇〉：「禹始制為南音。」釋之。〔註123〕	孫侍御曰：「此當引〈呂子·音初篇〉：『禹始制為南音。』」〔註124〕此於帝王下決，不用鍾儀囚晉事也。〔註125〕
司馬相如〈子虛賦〉「鄭女曼姬。」	鄭女，夏姬。曼姬，楚武王夫人——鄧曼。〔註126〕	曼、鄧，姓。賦蓋云鄭國之女，曼姓之姬耳。所謂鄧曼云者，亦猶齊女為齊姜，葛女為葛嬴之類，鄭國亦有鄧曼，見《左·桓十一年傳》。若楚武王夫人乃賢智媐，寗得與不祥人竝列？〔註127〕	雲璈按：楚武王夫人乃賢智之婦，豈可與不祥人並列？曼為鄧姓，凡女皆得，謂鄧曼。何必武王夫人？當如瀹注泛言為是，鄭女亦不必指定夏姬也。〔註128〕
江淹〈別賦〉「桑中衛女，	以陳娥為戴媯。〔註129〕	陳娥恐指《陳風·株林》所刺者；「桑中」、「上	雲璈按上宮當屬衛女，而綴以陳娥恐是牽率誤用。

〔註119〕《文選舊註輯存》，總頁 25。
〔註120〕《選注規李》，葉 1 左～葉 2 右。
〔註121〕《選學膠言》，第 7 冊，頁 281～282。
〔註122〕《文選舊註輯存》，總頁 825。
〔註123〕《選注規李》，葉 6 左。
〔註124〕〔清〕孫志祖：《文選李注補正》（刻讀書齋叢書本）收於《清代文選學名著集成》（揚州：廣陵書社，2013 年 11 月），第 8 冊，頁 33。
〔註125〕《選學膠言》，第 7 冊，頁 427。
〔註126〕《文選舊註輯存》，總頁 1556。
〔註127〕《選注規李》，葉 11。
〔註128〕《選學膠言》，第 7 冊，頁 553～554。
〔註129〕《文選舊註輯存》，總頁 3196～3197。

上宮陳娥。」		宮」本是〈衛詩〉，隨手率率誤用之耳。戴媯，淑女，安得與淫奔者竝舉乎？〔註130〕	注乃以燕燕之戴娥當之，竟與淫女並舉，殊謬！〔註131〕

上表可分為兩點面相探討：

一是「說法方面」，另一是「價值觀點」。這攸關兩人是否受到「共同說法來源」所影響的證據。以上表班固〈兩都賦序〉：「外興樂府協律之事。」為例，條中雙方皆引鄭樵說法，但卻未道明係引自鄭氏那部文獻，而遍查今日鄭氏所留存之籍，卻未有相同之語序。因此，雙方恰好在「語法上一致簡省」為一個疑點；另一張衡〈南都賦〉：「帝王臧其擅美，詠南音以顧懷。」條，張雲璈引孫志祖作案語，但語序、觀點恰好亦與徐攀鳳一致。〔註132〕然孫氏僅於張雲璈有交往，而無相關資料顯示其與徐攀鳳有交往。那麼觀點的源頭究竟起自誰家說法？或許必須打上一個疑問。〔註133〕

另一為「價值觀點」，上表司馬相如〈子虛賦〉「鄭女曼姬。」、江淹〈別賦〉「桑中衛女，上宮陳娥。」兩條所呈現——「不祥人」、「淫奔者（淫女）」等說法，雖看似當時的普世價值，對於較為開放的女性持相同的批評，但細究箇中，張氏提及明閔齊華編之《文選瀹註》是一綜合各家得宜說法之擇錄性評點，與徐攀鳳參之張鳳翼《文選纂注》類似，當然張雲璈本身也有參考《文選瀹註》的通點，加上何焯、于光華等學者之評點本樣榜，所帶給後代學者的影響不言而喻。因此，「說法方面」是否受到某大家薰陶？又或著學者之間相互參考說法？換言之，張雲璈受到孫志祖影響，那麼徐攀鳳呢？雙方一樣的鋪陳、類似的資料，說法來源並非單純地文獻呈現，而更像是吸收權威之說法，故而造成以降之學者多採其說，至於為那一位學者，則須更進一步的玫證。

〔註130〕《選注規李》，葉18右。

〔註131〕《選學膠言》，第8冊，頁55～56。

〔註132〕續下觀察孫志祖的背景，亦同為乾、嘉時人（生卒年為乾隆二年至嘉慶六年1737～1801年），與張雲璈（1747～1829年）、徐攀鳳（1740～1803年）相近，又為江南一代的學者（浙江仁和人）。《文選李注補正》，頁33。

〔註133〕孫志祖本身補充汪師韓《文選理學權輿》，一部分學術概念可能啟自汪氏本人，但張衡〈南都賦〉的論述也未見《文選理學權輿》，因此說法的源頭可能來源不確，需要再往前作更深入的探究。而這邊牽涉一個無法玫證的盲點——仕人間平時的談吐交流。學者間平時的交往未必完整實錄，或是立書著述，因此諸如孫志祖、張雲璈者流是否曾經聽聞當代學者的說法，藉以擷取他的觀點而轉化成自己說法，都是有可能的。而這也是學術上極難確立的一項玫證工作。

三、亦參亦糾

我們知道「何焯」是清代學者共尊推崇的學者，其影響不單單其本身交友學圈，同時也深深影響當代的學術圈，是許多學者參考的重要指標。本論以徐攀鳳為例，就可以看出對於何焯厚重的傾向：

> 讀書必先貫穿一家，而後馳驅乎百家，義門先生之讀《選》也。……。〔註134〕

同樣地，這個現象在張雲璈來說也是一樣，《選學膠言・自序》云：

> 義門先生考覆較多，最稱該洽，視諸家尤長，學者宗之。〔註135〕

何焯受評為「清代《文選》斅證先驅」，〔註136〕並有「清代《選》學未有超於何氏」的嘉讚。〔註137〕誠如前述，我們談到徐攀鳳《選學糾何》、張雲璈《選學膠言》受到何焯《義門讀書記》影響，不僅雙方有大量的參考與徵引，同時也「糾正何焯」，下表為兩人否定何焯時的文字：

徐攀鳳	張雲璈
何說非也。〔註138〕	何說似迂。〔註141〕
何說殊非。〔註139〕	何改似非。〔註142〕
何說殊曲。〔註140〕	何自相矛盾乎。〔註143〕

何焯的斅證是否正確，我們姑且不論，但我們可以發現對何焯「亦參亦糾」的學者其實不乏張雲璈、徐攀鳳，他們肯定何焯在斅證上的貢獻，同時也檢視其

〔註134〕〔清〕徐攀鳳：《選學糾何》（藝海珠塵本），收於《百部叢書集成》（台北市：藝文印書館1966年3月），葉1右。

〔註135〕〔清〕張雲璈：《選學膠言》（清・道光11年刻三影閣叢書本），收於《清代文選學名著集成》（揚州：廣陵書社，2013年11月），第7冊，頁247～251。

〔註136〕余蕭客〈文選音義自序〉：「前輩何侍讀義門先生，當士大夫尚韓愈文章，不尚文選學，而獨加賞號……。」〔清〕余蕭客：《文選音義》（清・乾隆23年年靜勝堂刻本），收於《清代文選學名著集成》（揚州：廣陵書社，2013年11月），頁10。

〔註137〕駱鴻凱：《文選學》（北京：中華書局，2015年3月），頁58。

〔註138〕此條不見於崔本，然葉氏《文選補注》有之。《文選舊註輯存》，頁3261～3262；《選學糾何》，葉12左。

〔註139〕《文選舊註輯存》，頁4996；《義門讀書記》，頁916；《選學糾何》，葉19。

〔註140〕此條不見於崔本，然葉氏《文選補注》、于氏《文選集評》有錄之，頁127。《選學糾何》，葉1左～葉2右。

〔註141〕《選學膠言》，第7冊，頁454～455。

〔註142〕《選學膠言》，第8冊，頁560～561。

〔註143〕《選學膠言》，第8冊，頁560～561。

攷證的成果，另舉如朱珔《文選集釋》言：「陛，乃階級之名與此殊不合，『何說未可從』。」〔註144〕或許何焯僅是對《文選》執行了第一步攷證，爾後其他學者後浪催前，相繼投入，進行第二回複查。換言之一個現象，「參考歸於參考，攷證歸於攷證。實事求是。」清代的「樸學」風氣漸起，務實的學術路線，讓讀書人對任何繼往說法抱持懷疑態度，誠以本論前文所談之「疏不破注」的議題即是這個風氣的展現。再加上，讀書人患「闇於自見」，時常無法透析自身想法與說法上的缺陷。但藉由像徐攀鳳、張雲璈的互讎，不少條目皆為後輩推正，得以讓學術的品質更為精進。

綜觀徐攀鳳與張雲璈兩人「《文選》學」盤互的現象，在某些癥結處極為相似，我們不能說是誰抄襲誰的作品或說法，但也不排除有這些面向的可能；加上雙方在參考著作上有重疊性，造成雙方在行文上有太多的不自然，說法來源是否有跡可循？則是本論後續要探討的課題。事實上，更多時候的攷證成果表現為一致更像是時代共識的象徵；換言之，中華歷代典籍綿延數千年，許多錯誤的資訊因為本身被尊為「經」典，「錯誤」被因「經」而受供奉，不容質疑。但是歷代不乏學者願意挑戰、反省，用一生的精力闡釋一套更為妥適的說法，來回應政府所頒定的正確答案，但由於時代風氣，近乎絕響。好在有清一代學者略為開明，不論是「疑經改經」，還是對典籍的再整理，其校勘的成果都再再印證「沒有一個學問是顛撲不破，永恆至上的」。

第三節　江南《文選》學風

一、風氣與默契——疏可破注

對於《昭明文選》而言，清代面臨的學術問題其實很單純，在於「注解（版本）問題」。不論是李善單〈注〉、五臣單〈注〉，抑或是六臣合〈注〉，到了清代皆已混雜不清。但何焯首先在《昭明文選》上從事攷證，讓當下流行韓愈文章的時刻，另闢蹊徑；至此之前，《昭明文選》雖未若五經來得高高在上，但同時也是公認的經典，故鮮少人攷證懷疑。當時何焯手本各家版本相互校讎，首先帶起「攷證」的濫觴，且頗受各方肯定；甚至胡克家的《考異》問世，成果比何焯更為精緻，學界既譁然也推崇。何焯、胡克家明顯已攷證《文選》，

〔註144〕〔清〕朱珔：《文選集釋》（光緒元年涇川朱氏梅村家塾刻本），收於《清代文選學名著集成》（揚州：廣陵書社，2013 年 11 月），頁 239～240。

成績不俗,為何徐攀鳳、張雲璈、梁章鉅、朱珔、胡紹煐……等仍不揣淺陋?同一個問題,眾家繼討,有必要再投入攷證複查?這麼做的目的又是什麼?

這一道道問題顯示這些學者已經不是要深討「《文選》注解混淆」或是「《文選》版本」等問題,而是從各個文章、注解中攷證議題,從而「補充、修正與闡發」。我們反省清代《選》學史,乃至整個清代學術史,嚴若璩《古文尚書疏証》問世,給予讀書人敢於「攷證」的鼓舞;讓經典沒有顛撲不破的神聖性,而是回歸「六經皆史」的一般性;任何經典都可以受到質疑與反省。而放在《昭明文選》的注解也是同理,注解可以受到推從,但不表示它不可接受質疑。

因而「風氣」上,何焯著作中不斷挑戰前人說法,廣受各方好評,而人又患有「競爭之心」,自然激起周遭有志一同的讀書人投入,我們可以說這是一種學習現象──「批判性的思考」;〔註145〕清儒與他代學者最大差異就是「敢於批判」、「勇於挑戰」,去驗證前人說法來源的可信度與與真實性。而在時代意義下也有跡可循,乃因到了清代,社會安定且人口增加,讀書人的數量激增,為了鑑別出你我差異,就是透過「競爭」,找出對方邏輯、說法的破綻,以證明自我。是故清儒好似有不成文的風氣──「學術競逐」,每個學者不斷形塑自我成為「博學鴻儒」。若以俗言來說,「你討論,我也討論、你論點新穎,我要更新穎、你學富五車,我要六車七車」。由是是否應和清代《選》學的表徵?想必答案是肯定的,因為這是時代「風氣」,且無法在文獻記載找尋的徵象。因此,何焯就算盛譽當時,其他讀書人自當不甘人下,對其糾正,即可理解。

「默契」上,受到何焯學術札記影響,眾家不約而同擇選「筆記式」的學術札記,除了可以撤除逐文攷證的冗繁,以及枝微末節上不必要的攷證外,進而將焦點投入在有疑義的《選注》部分。透過對於議題的精準討論,問題得以釐清,並遵李善「注例」〔註146〕的體例,問答之間達到清楚的綱舉目張,且更能實踐「批校兼評」。因此,不論是那一位清儒,我們在個別著作中觀察到同樣的模式:

列舉辭條 → 節錄李善、五臣〈注〉 →

徵以文獻 → 提出反證、補充 → 按語或批評

而乾、嘉以來,諸如吳、皖之派即在江南帶起的治學風氣,一者對於經典的新

〔註145〕心理學談到的「批判」,簡言之即是「對事物的批判、質疑與思考」。參溫世頌:《教育心理學》(台北市:世界書局,2018年1月),頁183～184。
〔註146〕胡育來:《張雲璈論考》,蘇州大學碩士學位論文,2006年5月,頁28～30。

穎看法，二者即是務實的學問，為什麼眾家皆以「李善」為宗？乃因李善注說大部分徵引有所根據，不妄說胡謅，相較明儒來說，這種漢唐注疏的學風更為嚴謹、扎實，也正對清儒反省前朝所遺留下的弊端。回歸梁啟超所申「正統派學風」，遵循漢代經訓，這也是徐攀鳳、張雲璈、許巽行、孫志祖、梁章鉅、朱珔、胡紹煐等著作因而相似之原因。因此不論是那類學問，不僅有「共討」的風氣，且所討論的議題、方法大同小異，進而表現出盤互的「默契」。〔註 147〕

二、《文選》學重鎮在江南

　　清代《文選》學相較於明代，它更為發揚，乃因專家學者集中，而形成「江南《文選》學」。由下圖大部分清代《文選》學家的所在分布便可知曉，如下圖〔註 148〕：

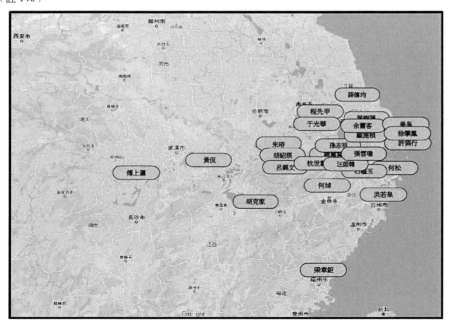

〔註 147〕由於文人創作所用詞彙原典是有所源據，或者共源出處，即張雲璈言：「以示作者必有祖述。」因此注解時本就有既定答案，如《選注規李》「賓曰唯唯」條，李善原注引用〈曲禮〉，但徐攀鳳改引《戰國策》，而張雲璈另舉《論語》；進一步說，注解答案的面相可以很多，而符合文章原意八九不離十即出於某幾部經典，這些經典自然都可成為注解、解答。是故為什麼清儒在攷證重申時，「答案固定且雷同」，補充說詞各家相似，即可理解。

〔註 148〕圖片模組使用 google map，並配合圖片後製，上圖係節錄部分可追查到籍貫之學者，以相對位置標示。瀏覽時間 2022 年 2 月 25 日，參考網址：https://www.google.com.tw/maps

眾多學者為何以「江南」為中心聚集？本論探究箇中因素為：〔註149〕

第一，「精神地標」。《文選》一書除編輯者——昭明太子外，另有李善與五臣兩家〈注〉家，基本皆出生江南一帶，而清儒所推崇的李善出生「江都」（即今揚州一帶）亦具象徵，如余蕭客的「選音樓」〔註150〕，以及阮元的「隋文選樓」〔註151〕等命名出現，都顯示對於地區與該書籍的嚮往。因此，江南一代成為研究《文選》精神地標。

第二，「學友效應」。在本文鈎稽張雲璈與徐攀鳳的關係，從而發現各個江南的學圈其實多有交往。依《清儒學案》之分類，張雲璈可被歸於「錢塘二梁學案」〔註152〕，梁章鉅歸為「鑑塘學案」〔註153〕，朱珔歸為「墨莊學案」〔註154〕等。但此僅是徐世昌的觀點認知與歸納。筆者認為更多隱藏的細節是在於每個學者間的交流互動，如梁章鉅、朱珔彼此同為嘉慶七年（1802年）進士，兩人互有往來，又如姚椿雖居處婁縣，卻與桐城派姚鼐劃歸同一學圈。又如何焯與余蕭客屬師友關係，卻未劃進同一學圈。又如胡紹煐長輩胡培翬與朱珔友好……等。進言之，學術不能侷限於一「既定學圈」，每個學圈彼此是可以有交集與交往的，加上數十位學者不乏聞名當時，他的學友圈、家庭（家學）傳播鏈未必文章、典籍全數載記，更不遑論學友、宗族私底下的交往更是不絕。

第三，「宗族效應」。我們知道江南自南朝本就高度發展的區域，是經濟與文化的重鎮，開發許久，故部分家族在此深耕而發展成「宗族」，繼而發展成「望族」。「望族」本身對於子弟的培養是有一套辦法的，尤其「以學旺族」的人不在少數，本論先前提及徐氏家族訓戒子弟的家訓中，「讀書」一詞屢屢言

〔註149〕原碩士論文將薛傳均的籍貫誤認為是陝西甘泉，但實際為江蘇甘泉，此特勘誤。參〔清〕薛傳均：《文選古字通疏證》（清·光緒刻玲瓏山館叢書本），收於《清代文選學名著集成》（揚州：廣陵書社，2013年11月），第12冊，頁1。

〔註150〕原文為「樓曰：『選音』。」參〔清〕江藩：《漢學師承記》（台北市：世界書局，2018年11月），頁33。

〔註151〕關於樓名，其《揅經室集》文章命名為「〈揚州隋文選樓〉」「〈揚州文樓巷墨莊考〉」，又〈文選旁證序〉：「以鎮隋文選樓。」似乎未有固定之名稱。〔清〕阮元：《揅經室集》（上海圖書館藏清道光阮氏文選樓刻本），收於《續修四庫全書》（上海：上海古籍出版社，2002年3月），第1479冊，頁60～66。

〔註152〕徐世昌著、陳祖武點校：《清儒學案》，總頁3717～3731。

〔註153〕徐世昌著、陳祖武點校：《清儒學案》，總頁4757～4790。

〔註154〕徐世昌著、陳祖武點校：《清儒學案》，總頁4900～4967。

說，即可見其重要性；〔註155〕復舉〈示乙丑庶吉士〉一文：

　　諸士宜講習《四書》、《六經》，以明義理，博觀史傳評隲，……。
〔註156〕

除申明取得功名辛苦外，一方面也要鞏固自身家族的延續，不希望子弟因紈袴風流而敗壞家族，因此大家族對於子弟的教育要求往往更為嚴苛。當然大家族有充分的教育資源是先決培養的條件，後天對於子弟的渲染也是一大因素。甚至我們觀察到朱珔、胡紹煐專著皆有族人題序，可見其影響；〔註157〕再者，「大族的讀書風尚」是會對周遭社會潛移默化，加上明清盛行結社性的讀書團體，彼此結社與聚集，自然形成一整個區域的廣大投入。

　　吳安仁《明清江南望族與社會經濟文化》指出：明代聚集結社主因有二：「政治」與「經濟」，繼之，造成近利好名、不務實學、消極頹廢。」〔註158〕先談主因，由於政治與經濟（利益）緊密的綁縛，利益上知識階層彼此相互利用，而學術上則盡量集結志同道合的學者，這促使部分學者寧可放下身姿投近依附，藉由沾染權貴之間的利益皮毛，成為近利好名的勢利者；再談依附後習慣利益醺灟，喪失對於知識的追求，治學上則顯得不那麼重視，也是吳氏所言：「不務實學、消極頹廢」等因素。當然，影響因素不止於此。再談對清代的影響，此風尚是否流衍清代？或許僅一部分。「政治」與「經濟」仍是有效度的結合，這自古皆然，但清代在初期即進行反省「改朝換代」的因由，對於「不務實學、消極頹廢」其實是有改進的，我們從提倡「樸學」、「實學」、「經世致用」即了然不必重申，而學者間仍聚集結社，成為「某派」，固定提倡、專精某些議題，形成一種學術上的讀書集團。最為關鍵在於宗族本身已是一個有紀律的學術集團，而民間亦有「社團」，彼此相互交流形成更廣大的知識群體，形成一種「群聚效應」。且對於這些團體所形成的吸引效力對部分讀書人亦有影響，攀追傚行。這也可以解釋為什麼江南地區有如此高密度的《文選》學發展，想必並非單純的興趣所帶來的偶然性，而是學者間交互影響所帶來的必然性。

〔註155〕〔清〕徐自立、徐與蕃增修：《徐氏族譜》，收於《上海圖書館藏珍稀家譜叢刊》（上海：上海科學技術文獻出版社，2016年3月），第13冊，頁823。

〔註156〕〔明〕徐階：《世經堂集》收於《四庫全書存目叢書》（台南市：莊嚴出版社，1997年6月），集部第80冊，頁47。

〔註157〕江柏慶：〈蘇南望族的文化追求〉，《明清蘇南望族文化研究》（南京：南京師範大學，1999年8月），頁39～48。

〔註158〕吳安仁：《明清江南望族與社會經濟文化》（上海：上海古籍大學，2001年11月），頁279～308。

第四節　小結

　　總結上述，《文選》歷經六、七百年的各種變化，要處理「注解（版本）糾謬」仍然是一大難題，既使何焯、胡克家已對版本進行校勘，但《昭明文選》所存有的不只是版本上問題，相對注釋上的問題，以及清人陸續所發現新的問題，這些都是整個《文選》學所需要探析的。而張雲璈與徐攀鳳雙方都是要面臨與回應這個難題，力圖臻新，皆是有志一同在《文選》這門學問上做努力，這即是兩人的心靈默契，這是肯定的。

　　由於徐攀鳳、張雲璈兩人在勘誤上提出的「說法」類似，且數量頗多，本論不免需要回應這個現象。以劉躍進一番體會做印證：

> 如何進入《文選》學領域？我還頗費思量，學問的高低不僅要比誰掌
> 握了更多的新資料，更難的是在尋找材料中發現新問題……。〔註159〕

怎麼在舊題目、舊題材中覓尋新的議題是每個研究者需要思考的問題。周詳每一本清代《文選》著作後，「誰掌握更多的新資料」、「誰處理的問題更為細膩」就是清儒展示學問的方式；從徐攀鳳簡單兩、三條按語，到張雲璈動輒數百字就可以知道，「新資料」並非完全新穎，而是在所有可能的解答中找尋一個更「得宜」的解釋將其陳列，而這是需要博覽群書，有豐厚的知識量，才得以反駁李善、五臣或古注的說法。所以我們在徐攀鳳與張雲璈的文章中時常可見，對於「某一字句」、「某一條解釋」大量徵引，並從中有自己的學術判斷。

　　因此，對於清代讀書人來說，如何掌握一部龐大的典籍，屬於個人學問上的能力，但校勘《文選》卻是共同的課題，是故徐攀鳳與張雲璈「盤互」的現象是「共識」上的「默契」，而非偶然。或許在共同領域上，以及地緣關係的影響，彼此學術相互激盪，即反應在攷證成果上大同小異。職是之故，二人不論是受時代、地域或學派影響，雙方可能從未有過交往，但兩人默契卻是體現整個大時代的學術縮影，一個對《文選》再反省。

〔註159〕劉躍進：《文選學叢稿》（北京：中國社會科學出版社，2021年7月），頁436。

第七章 結 論

第一節 徐攀鳳《文選》學的價值

徐攀鳳一生雖默默無名，不若其他當代學者名氣來得顯耀，但不能因此忽視他的學問價值，本論綜談其價值有三：「攷證功夫」、「治《選》方式」、「議題分類」。

首先，「攷證功夫」。《文選》在李善注解過後，其實已意味第一輪的攷證工作已經完畢，隨後歷代學者的攷證成果被何焯《義門讀書記》所重新複攷，因此嚴格說《昭明文選》與其〈注解〉經過歷朝歷代讀書人的努力下，已有多次討正。當然，學者引述的文獻是否有誤，一般讀者是不易察覺的；相對地，需要如徐攀鳳這樣的攷證學家，複查的同時還要尋找「有的說法錯誤或攷證」，以及協助「典故溯源」、「問題釐清」、「議題發想」等，都是需要閱讀者（攷證者）相當地閱歷。且當時鮮少學者敢公開質疑何焯的學問，徐攀鳳其作雖無廣為流傳，但以其攷證何焯的成績來說，糾正多於補充，其學問並不亞於何焯，而對李善〈注〉也是大量補正。此對於《昭明文選》的完整都有助益，那怕僅有兩卷的成果。

其次，是徐攀鳳的治《選》方式，亦即讀《選》觀點。此亦可從兩個層面來談，一者閱讀《文選》時「尊李善，輕五臣」；二是解析《文選》持「規李糾何」的觀點。

在參注考證上，徐攀鳳的案語不斷透露「李善〈注〉」的權威性，以及貶抑「五臣〈注〉」。基於這兩大主張，我們可以定調徐攀鳳在處理《文選》的基

本路數——「尊李善，輕五臣」。宋代合栞《文選六臣注》以來，其實李善〈注〉與五臣〈注〉已與《文選》密不可分，當然也涉及混淆等缺漏；徐氏的主張很清楚——「只有李善的說法最為權威」；由於從種種跡象來說，五臣〈注〉的流行不亞於李善〈注〉，且在廣大讀者群中佔有一席，是故，至清代仍有「千家注『杜』如五臣注《選》。」〔註1〕的聲音。而五臣〈注〉恰屬「憑臆直解」的注釋方法，引發清代一部分主張「樸學」、「實學」的學者非議，故而豎起「尊李善」的旗號，一方面取決於李善在注釋上有所根本，典引原籍不妄自稱臆，是踏實的學問方式；另一方面也順乎整個清代攷證風行的時代意義，印證徐攀鳳治《選》學觀的獨特價值。

在參證解析上，徐攀鳳有其獨特的釋義。雖然徐攀鳳主張參考李善〈注〉，但李善本身又有「釋事而忘義」〔註2〕的解釋弊端，乃相信《文選》中必有「未引任何典故」的單純字句，就是非常直了的創作取向論，故徐攀鳳認為「此等故實，不必刻意求解，善讀書者自頒之。」〔註3〕、「旨正不可以文害實也。」〔註4〕不必事事深考探究是否汲引前人之說，建立徐攀鳳治《選》的一家之言。

最後是所謂「議題分類」上，徐攀鳳做到同時代學者未做到的「議題分類」。綜觀整個清代《文選》學概況，大部分學者仍是形於傳統論述，即「以篇章順序逐條考釋」，這種方法的優點確實在於方便讀者依篇章參考他人說法；惟相對地，內容也顯得破碎。換言之，如果希望從清代某家《選》學中找尋「批評何焯」、「或是糾正李善」，即會相當辛苦。而徐徐攀鳳明確分類論斷，不僅在學說家法上有初步分野，在義理詮釋的內容上，糾正何焯的《糾何》與糾正李善的《規李》內容並不重疊，不會雜蕪混淆。是故，「徐攀鳳《選》學」建構一條清楚的研究脈絡，《規李》專題「李善〈注〉」、《糾何》專擅「何焯」，相對較同時期張雲璈（1747～1829 年）、許巽行（1727～？年）「筆記類《選》學」明確，單就於此，即顯其獨特。誠然在傳統《文選》學與近代《文選》學間開啟治《選》學之新境。

〔註1〕江慶柏、劉志偉等編：《文選資料彙編——總論卷》（北京：中華書局，2017 年12 月），頁 103。
〔註2〕《選注規李》，葉 6 左～葉 7 右。
〔註3〕《選學糾何》，葉 7 右。
〔註4〕《選注規李》，葉 10 左。

第二節 不揣固陋，遙質諸先的考證之功

「不揣固陋，遙質諸先」〔註5〕是徐攀鳳在《選學糾何》中對於前人「學習」與「糾正」的一種心境與挑戰。前人有不錯的治學方式，則從而向之學習；縱使前人已有說法，仍再次提出論證。目的就是透過書談的方式向前人討論學術成果，延續清代《文選》學引證言詮之風。

何焯是清代攷證《文選》的標竿，大部分學者注《選》、攷證不乏遺留何焯攷釋的影子，因此除朱珔等少數無明顯規隨的學者外，〔註6〕大部分學者大抵將何焯與《義門讀書記》奉視瑰寶。而徐攀鳳別開蹊徑於其他清代《文選》學者的特點即在於敢於「糾正何焯」的氣魄，不僅以何焯為學習對象，同時也批評何焯攷證上的疏漏，這在當時更顯獨步。

羅蘭巴特《批評與真實》言道：

> 人們常說主觀性批評，是指批評者根本不理會客體，而完全依賴主體；（為了更有力的攻擊），人們假定這種批評只是個人情感的混亂、瞎說的表達。……一個有系統化的，有文化教養（cultiveé）的主觀性，雖受來自作品象徵限制，但它或許比一個沒文化教養、盲目的，如同躲在本性之後的閃躲在字面背後的客觀性更有機會接近文學客體。〔註7〕

如羅蘭巴特所言，主觀太過容易讓人認為太過情感化，但相反地，有自我中心意識（主觀）的人相較起人云亦云、屈服權威說法的人來說，或許更接近被批評者的核心。攷證如同對前人說法的驗證，對於學術的「實事求是」、「凡學必疑」是讀書人回歸踏實的學問路線，不因權威而迂腐盲從，且透過挑戰，也藉此檢視自身學問是否扎實。與此同時，徐攀鳳雖奉李善注解為法門，但也能適

〔註5〕《選學糾何》，葉1。

〔註6〕清代學者的著作序言多會反省時代脈絡時，多會提及何焯，唯獨朱珔《文選集釋·自序》僅提及「汪韓門侍讀（汪師韓）」、「孫頤谷侍御（孫志祖）」；另為梁章鉅《文選旁證·序》也只提「胡果泉中丞（胡克家）」、「邵二雲（邵晉涵）」、「郝蘭皋（郝懿行）」三者，但在《文選集釋》論述中不乏汲用何焯攷證成果，故此部分尤為特殊。參〔清〕朱珔：《文選集釋》（光緒元年涇川朱氏梅村家塾刻本），收於《清代文選學名著集成》（揚州：廣陵書社，2013年11月），頁3～5；〔清〕梁章鉅：《文選旁證》（清·道光18年刻本），《清代文選學名著集成》（揚州：廣陵書院，2013年11月），頁5～6。

〔註7〕（法）羅蘭巴特著、溫晉儀譯：《批評與真實》（上海：上海人民出版社，2021年1月），頁46。

時再攷證李善注的缺失。因此，我們可以證言徐攀鳳的《文選》學觀核心，為何獨獨糾正何焯與大力糾謬李善，《選注規李》、《選學糾何》二書的成書目的與意義在此。

第三節　現代《文選》學的開展

　　從清代《文選》學到現代《文選》學，「不揣固陋，遙質諸先」的方式並非單獨一人打出旗幟可以號召成說。由於《昭明文選》關涉學問之廣且博，並非一人能夠獨立完成《昭明文選》所有注釋上的疑惑，而這也是為什麼清儒像接力一般個個不揣固陋，殫精竭思，致力立說。因此，各家在解釋上，從何焯數十字的案語，到後來張雲璈、梁章鉅、朱珔、胡紹煐等動輒徵引數本文獻、數百字的案語，在同樣議題，運用同樣的材料佐證，致使解釋類似，各方盤互。換言之，這種方式與今日學術攷證幾乎可說是一致的，從「問題」中「發現新問題」，再從「發現新問題」中提出「新觀點」，而所用的方式就是歸納文獻，尋找規律，得出解答。

　　王立群認為現代《文選》的歷史分期可分為「開創期」、「間歇期」、「發展期」，而目前《文選》學仍處於「發展期」，〔註8〕但細究觀察三期所涉及之議題，除域外《文選》是清儒所乏以外，大部分議題、攷證方式還是圍繞在清代學者的成績去思考，進言之，從整個學術脈絡來看，一個「《文選》綜合學」正悄悄展開，清代正是現代《文選》學的鋪墊與前導。職是之故，徐攀鳳《選注規李》、《選學糾何》所力求學問上的樸實，攷證上的實事求是，承續清代考據的嚴謹治學之成就，與能立能破的本色，放諸整個清代學術不為過，實屬一個讀書人對於學問敢於挑戰前人的驕傲與自信，而這也與現代《文選》學的治學基礎不謀而合。因此，看待清代《文選》學諸家時，深刻體會徐攀鳳孜孜矻矻的堅持，以及其「實事求是，批校兼評」的樸實、求是攷證觀點，誠然為清代《文選》學立下了一個治學的典範。

〔註 8〕王立群：《現代文選學史》（鄭州：大象出版社，2014 年 8 月），頁 427～428。

參考文獻

一、**古籍**（按時代順序排列）

1. 〔先秦〕佚名：《吳越春秋》（古今逸史本），收於《四部備要》（北京：中華書局 1989 年 3 月）

2. 〔先秦〕佚名：《國語》（士禮居王氏重雕本），收於《四部備要》（北京：中華書局 1989 年 3 月）

3. 〔漢〕孔安國傳、〔唐〕孔穎達正義：《尚書正義》（上海：上海古籍出版社，2019 年 5 月）

4. 〔漢〕毛亨傳、〔東漢〕鄭玄箋：《毛詩注疏》，《十三經注疏》（上海：上海古籍出版社，2015 年 2 月）

5. 〔漢〕王充著、張宗祥校注：《論衡校注》（上海：上海古籍出版社，2014 年 10 月）

6. 〔漢〕司馬遷著、（日）瀧川龜太郎考證：《史記會注考證》（台北市：大安出版社，2011 年 8 月）

7. 〔漢〕司馬遷著：《史記》（二十四史百衲本）（台北市：台灣商務印書館 1988 年 1 月）

8. 〔漢〕班固、〔唐〕長孫無忌等編：《漢隋藝文經籍志》（台北市：世界書局，2009 年 2 月）

9. 〔漢〕班固：《漢書》，收於《二十四史》（北京：中華書局，1997 年 11 月）

10. 〔漢〕荀悅：《申鑒》，《四部備要》（北京：中華書局，1989 年 3 月）

11. 〔漢〕許慎撰、〔清〕段玉裁注：《說文解字注》（台北市：洪葉文化出版社，1013 年 5 月）

12. 〔漢〕劉向集錄：《戰國策》（上海：上海古籍出版社，1998 年 3 月）

13. 〔漢〕劉向撰：《說苑校證》（北京：中華書局，2016 年 4 月）

14. 〔漢〕劉珍：《東觀漢記校注》（北京：中華書局，2016 年 4 月）

15. 〔漢〕鄭玄注、〔唐〕孔穎達疏：《禮記正義》（十三經注疏本）（北京：北京大學出版社，1999 年 1 月）

16. 〔漢〕鄭玄注、〔唐〕賈公彥疏：《周禮注疏》（上海：上海古籍出版社，2015 年 3 月）

17. 〔漢〕應劭撰、王利器校注：《風俗通義校注》（北京：中華書局，2019 年 7 月）

18. 〔漢〕嚴遵：《老子指歸》（北京：中華書局，2017 年 4 月）

19. 〔三國魏〕王弼撰、樓宇烈校釋：《周易注》（北京：中華書局，2014 年 6 月）

20. 〔晉〕皇甫謐著：《高士傳》（上海：上海古籍出版社，2014 年 12 月）

21. 〔晉〕郭璞注、〔宋〕邢昺疏：《爾雅注疏》（上海：上海古籍出版社，2015 年 3 月）

22. 〔晉〕郭向注、〔唐〕陸德明釋文、成玄英疏、〔清〕郭慶藩：《莊子集釋》（台北市：世界書局，2018 年 12 月）

23. 〔晉〕陳壽：《三國志》，《二十四史》（北京：中華書局，1997 年 11 月）

24. 〔南朝劉宋〕范曄：《後漢書》，《二十四史》（北京：中華書局，1997 年 11 月）

25. 〔南朝梁〕沈約撰：《宋書》，收於《二十四史》（北京：中華書局，1997 年 11 月）

26. 〔南朝梁〕劉勰著、周振甫等注：《文心雕龍注釋》。（台北市：里仁書局，2007 年 10 月）

27. 〔南朝梁〕蕭子顯：《南齊書》，收於《二十四史》（北京：中華書局，1997 年 11 月）

28. 〔南朝梁〕蕭統編、〔唐〕六臣注：《增補六臣注文選》（古迁院刊本）（台北：漢京文化，1970 年 7 月）

29. 〔南朝梁〕蕭統編、〔唐〕李善注、〔清〕胡克家攷異:《文選》(上海:上海古籍出版社,2015 年 4 月)

30. 〔唐〕李延壽:《南史》,收於《二十四史》(北京:中華書局,1997 年 11 月)

31. 〔唐〕李隆基注、〔宋〕邢昺疏:《孝經注疏》(上海:上海古籍出版社,2009 年 4 月)

32. 〔唐〕杜佑:《通典》(北京:中華書局,1992 年 6 月)

33. 〔唐〕杜甫著、〔清〕仇少鰲注、秦亮點校:《杜甫全集》(廣東:珠海出版社,1996 年 11 月)

34. 〔唐〕房玄齡纂:《晉書》,《二十四史》(北京:中華書局,1997 年 11 月)

35. 〔唐〕魏徵撰:《隋書》,《二十四史》(北京:中華書局,1997 年 11 月)

36. 〔唐〕姚思廉:《梁書》,收於《二十四史》(北京:中華書局,1997 年 11 月)

37. 〔唐〕陸德明:《經典釋文》(北京館藏宋刻本)(上海:上海古籍出版社,2019 年 4 月)

38. 〔唐〕歐陽詢:《藝文類聚》(朱結一盧藏宋本)(上海:上海古籍出版社,2013 年 12 月)

39. 〔唐〕韓愈著、錢仲聯集釋:《韓昌黎詩繫年集釋》(上海:上海古籍出版社,1984 年 8 月)

40. 〔五代〕丘光庭:《兼名錄》,收於《叢書集成新編》(台北市:新文豐出版社 1985 年 1 月)

41. 〔五代〕劉昫等撰:《舊唐書》,收於《二十四史(北京:中華書局,1997 年 11 月)

42. 〔宋〕王應麟著、〔清〕翁元圻輯注:《困學紀聞注》(北京:中華書局,2016 年 3 月)

43. 〔宋〕王觀國:《學林》,收於《百部叢書集成》(台北市:台灣商務印書館,1966 年 3 月)

44. 〔宋〕李昉等撰:《太平御覽》(北京:中華書局,1995 年 10 月)

45. 〔宋〕沈括:《夢溪筆談》(貴州:貴州人民出版社,1998 年 12 月)

46. 〔宋〕周密:《癸辛雜識》(北京:中華書局,1997 年 12 月)

47. 〔宋〕洪興祖:《楚辭補注》(北京:中華書局,1983 年 3 月)

48. 〔宋〕洪邁：《容齋隨筆》（上海：上海古籍出版社，2015 年 12 月）

49. 〔宋〕孫復撰、四川古籍研究所編：《孫明復小集》（清鈔徐坊校跋本），收於《宋集珍本叢刊》（北京：線裝書局，2004 年）

50. 〔宋〕郭茂倩編：《宋本樂府詩集》（台北市：世界書局，2012 年 8 月）

51. 〔宋〕陳振孫：《直齋書錄解題》，收於《叢書集成初編》（台北市：台灣商務印書館，1966 年 3 月）

52. 〔宋〕陳彭年等編：《廣韻》，《四部備要》（北京：中華書局，1989 年 3 月）

53. 〔宋〕陸游撰、楊立英校注：《老學庵筆記》（西安：三秦出版社，2003 年 1 月）

54. 〔宋〕歐陽脩等撰：《新唐書》，收於《二十四史》（北京：中華書局，1997 年 11 月）

55. 〔宋〕蘇軾：《三蘇全集》（清·道光 5 年眉州三蘇祠堂刊本）。（京都市：中文出版社，1986 年 4 月）

56. 〔宋〕蘇軾撰、孔繁禮點校：《蘇軾文集》（北京：中華書局，1986 年 3 月）

57. 〔明〕王夫之：《詩經攷異》，《船山全書》（湖南：嶽麓書社，1996 年 12 月）

58. 〔明〕王世懋：《藝圃擷餘》，收於〔清〕何文煥輯《歷代詩話》（北京：中華書局，2014 年 10 月）

59. 〔明〕徐階：《世經堂集》收於《四庫全書存目叢書》（台南市：莊嚴出版社，1997 年 6 月）

60. 〔明〕張萱：《疑耀》（嶺南遺書本），收於《叢書集成初編》（台北市：台灣商務印書館，1966 年 3 月）

61. 〔明〕黃宗羲、王夫之撰：《黃梨州王船山書》（台北市：世界書局，2015 年 3 月）

62. 〔明〕顧炎武著、黃汝成集釋：《日知錄集釋》（上海：上海古籍出版社，2014 年 6 月）

63. 〔清〕丁紹儀：《國朝詞綜補》，《續修四庫全書》（上海：上海古籍出版社，1995 年 3 月）

64. 〔清〕于光華：《重訂文選集評》（清·同治 11 年刻本），《清代文選學名著集成》（揚州：廣陵書院，2013 年 11 月）

65.〔清〕王引之撰、虞思徵等點校：《經義述聞》（上海：上海古籍出版社，2016 年 11 月）

66.〔清〕王聘珍：《大戴禮記解詁》（台北市：文史哲出版社，1986 年 4 月）

67.〔清〕皮錫瑞：《經學歷史》（北京：中華書局，1981 年 3 月）

68.〔清〕全祖望：《鮚埼亭集》，收於《近代中國史料叢編三編》（台北市：文海出版社，1988 年 3 月）

69.〔清〕朱珔：《文選集釋》（光緒元年涇川朱氏梅村家塾刻本），收於《清代文選學名著集成》（揚州：廣陵書社，2013 年 11 月）

70.〔清〕江藩：《宋學師承記》（台北市：世界書局，2018 年 11 月）

71.〔清〕江藩：《漢學師承記》（台北市：世界書局，2018 年 11 月）

72.〔清〕何紹基、楊沂孫、程鴻詔纂：《重修安徽通志》（清・光緒 4 年刊本）

73.〔清〕何焯：《義門讀書記》（文淵閣四庫全書本）（台北市：台灣商務印書館，1986 年 3 月）

74.〔清〕何焯：《義門讀書記》（北京：中華書局，2013 年 4 月）

75.〔清〕余蕭客：《文選音義》（清・乾隆 23 年靜勝堂刻本），收於《清代文選學名著集成》（揚州：廣陵書社，2013 年 11 月）

76.〔清〕呂錦文：《文選古字通補訓》（清・光緒 27 年懷硯齋刻本），《清代文選學名著集成》（揚州：廣陵書社，2013 年 11 月）

77.〔清〕宋如林等修、孫星衍等纂：《松江府志》（清・嘉慶 20 年刊本），收於《中國方志叢書》（台北：成文出版社，1970 年 5 月）

78.〔清〕宋如林等修、孫星衍等纂：《松江府志》（清・嘉慶 22 年刊本），收於《中國方志叢書》（台北：成文出版社，1970 年 5 月）

79.〔清〕李光地撰：《榕村全集》（福州：福建人民出版社，2019 年 1 月）

80.〔清〕汪坤厚修、〔清〕張雲望纂：《婺縣續志》（清・光緒 4 年刊本），收於《中國方志叢書》（台北市：成文出版社，1974 年 6 月）

81.〔清〕汪師韓：《文學理學權輿》（清・嘉慶間刻讀書齋叢書本），收於《清代文選學名著集成》（揚州：廣陵書社，2013 年 11 月）

82.〔清〕阮元：《揅經室集》（上海圖書館藏清道光阮氏文選樓刻本），收於《續修四庫全書》（上海：上海古籍出版社，2002 年 3 月）

83.〔清〕阮元輯：《列子註》，收於《宛委別藏》（江蘇：江蘇古籍出版社，1988 年）

84.〔清〕阮元輯：《宛委別藏列子註》（江蘇：江蘇古籍出版社，1988 年 11 月）

85.〔清〕周廣業：《經史避名彙考》（上海：上海古籍出版社，2015 年 12 月）

86.〔清〕金福曾修、張文虎等纂：《南匯縣志》（民國 16 年重印本），收於《中國方志叢書》（台北：成文出版社，1970 年 5 月）

87.〔清〕紀昀等撰：《武英殿本四庫全書總目》（北京：國家圖書館出版社，2019 年 1 月）

88.〔清〕胡克家：《文選考異》，《李善注昭明文選》（台北：河洛圖書出版社，1980 年 8 月）

89.〔清〕胡紹煐：《文選箋證》（聚學軒叢書本），《清代文選學名著集成》（揚州：廣陵書社，2013 年 11 月）

90.〔清〕孫志祖：《文選考異》（清・嘉慶間刻讀畫齋叢書本），收於《清代文選學名著集成》（揚州：廣陵書社，2013 年 11 月）

91.〔清〕孫志祖：《文選李注補正》（刻讀畫齋叢書本）收於《清代文選學名著集成》（揚州：廣陵書社，2013 年 11 月）

92.〔清〕孫詒讓：《墨子閒詁》（台北市：世界書局，1992 年 4 月）

93.〔清〕孫殿起：《販書偶記》（上海：上海古籍出版社，2020 年 9 月）

94.〔清〕徐自立、徐與蕃增修：《徐氏族譜》，收於《上海圖書館藏珍稀家譜叢刊》（上海：上海科學技術文獻出版社，2016 年 3 月）

95.〔清〕徐攀鳳：《選注規李》（藝海珠塵本），收於《百部叢書集成》（台北市：藝文印書館，1966 年 3 月）

96.〔清〕徐攀鳳：《選學糾何》（藝海珠塵本），收於《百部叢書集成》（台北市：藝文印書館，1966 年 3 月）

97.〔清〕馬國翰：《儒家佚書輯本五十五種》（台北市：世界書局，2015 年 3 月）

98.〔清〕張之洞撰、范希增補正：《書目問答補正》（北京：北京燕山出版社，1995 年 5 月）

99.〔清〕張廷玉等撰：《明史》，收於《二十四史》（北京：中華書局，1997 年 11 月）

100.〔清〕張雲璈：《選學膠言》（清・道光 11 年刻三影閣叢書本），收於《清代文選學名著集成》（揚州：廣陵書社，2013 年 11 月）

101. 〔清〕梁章鉅:《文選旁證》(清·道光 18 年刻本),《清代文選學名著集成》(揚州:廣陵書院,2013 年 11 月)

102. 〔清〕盛叔清:《清代畫史增編》,收於《清代傳記叢刊》(台北市:明文書局,1976 年 1 月)

103. 〔清〕章炳麟著、徐復注:《訄書詳注》(上海:上海古籍出版社,2013 年 2 月)

104. 〔清〕章學誠:《文史通義》(北京:中華書局,2004 年 9 月)

105. 〔清〕許巽行:《文選筆記》(文淵樓叢書本),收於《清代文選學名著集成》(揚州:廣陵書院,2013 年 11 月)

106. 〔清〕博潤等修、姚光發等纂:《松江府續志》(清·光緒 9 年刊本),收於《中國方志叢書》(台北:成文出版社,1970 年 5 月)

107. 〔清〕焦循、焦琥撰:《孟子正義》(台北市:世界書局,2017 年 1 月)

108. 〔清〕馮桂芬纂:《蘇州府志》(清·光緒九年刊本),收於《中國地方志集成》(江蘇:江蘇古籍出版社,1991 年 6 月)

109. 〔清〕黃侃:《文選平點》(北京:中華書局,2006 年 5 月)

110. 〔清〕黃侃、黃焯批校:《黃侃黃焯批校昭明文選》(武漢:崇文書局,2021 年 10 月)

111. 〔清〕楊開第修、姚光發等纂:《重修華亭縣志》(清·光緒 4 年刊本)(台北:成文出版社,1970 年)

112. 〔清〕葉夢珠:《閱世編》(台北市:文海出版社,1969 年 1 月)

113. 〔清〕葉德輝:《書林清話》,收於《叢書集成續編》(台北市:新文風出版社,1989 年 7 月)。

114. 〔清〕董誥等編:《全唐文》(上海:上海古籍出版社,2007 年 5 月)

115. 〔清〕趙爾巽等撰:《清史稿》,(北京:中華書局,1977 年 12 月)

116. 〔清〕劉寶楠、劉恭冕撰:《論語正義》(台北市:世界書局,2018 年 10 月)

117. 〔清〕鄭燮:《鄭板橋集》(台北市:九思出版社,1979 年)

118. 〔清〕錢謙益撰:《列朝詩集》,(北京:中華書局,2007 年)

119. 〔清〕戴震撰:《方言疏證》(戴氏遺書本),收於《四部備要》(北京:中華書局 1989 年 3 月)

120.〔清〕薛傳均：《文選古字通疏證》（清・光緒刻玲瓏山館叢書本），收於《清代文選學名著集成》（揚州：廣陵書社，2013 年 11 月）

121.〔清〕謝庭薰修、〔清〕陸錫熊纂：《婁縣志》（清・乾隆 53 年刊本），收於《中國方志叢書》（台北市：成文出版社，1974 年 6 月）

122.〔清〕嚴可均輯校：《全上古三代秦漢三國六朝文》（北京：中華書局，1985 年 11）

123.〔清〕顧炎武：《顧亭林詩文集》（北京：中華書局，1983 年 5 月）

124.〔清〕龔嘉儁等修：《松江府志》（民國 11 年鉛印本），收於《中國方志叢書》（台北：成文出版社，1970 年 5 月）

二、今人專書（按姓氏筆畫順序排列）

1. （日）安居香山、中村璋八輯：《緯書集成》（河北市：河北人民出版社，1994 年 12 月）

2. （法）羅蘭巴特著、溫晉儀譯：《批評與真實》（上海：上海人民出版社，2021 年 1 月）

3. （美）Charles A. Ellwood 著、鍾兆麟譯：《文化進化論》（台北市：五洲出版社，1968 年 1 月）

4. （英）Eduard Fraenkel：《Horace》（New York：oxford university press，1997 年）

5. 《THE HOLY BIBLE》（新北：華宣出版社，2021 年 8 月）

6. 力之：《昭明文選論考》（桂林：廣西師範大學出版社，2020 年 12 月）

7. 王小婷：《清代文選學研究》（上海：上海古籍出版社，2014 年 9 月）

8. 王立群：《現代文選學史》（鄭州：大象出版社，2014 年 8 月）

9. 王利器：《文子義疏》（北京：中華書局，2000 年 9 月）

10. 王俊義：《清代學術探研錄》（北京：中國社會科學出版社，2002 年 8 月）

11. 王書才：《文選評點述略》（上海：上海古籍出版社，2012 年 11 月）。

12. 王瑋：《現當代文選研究論著分類目錄索引》，（江蘇：鳳凰出版社，2020 年 9 月）

13. 世界書局編：《兩唐書經籍藝文合志》（台北市：世界書局，2016 年 7 月）

14. 包鷺賓：《包鷺賓學術論著選》（武漢：華中師範大學，2005 年 8 月）

15. 江柏慶：《明清蘇南望族文化研究》（南京：南京師範大學，1999 年 8 月）

16. 江慶柏、劉志偉等編：《文選資料彙編──總論卷》（北京：中華書局，2017 年 12 月）

17. 何寧撰：《淮南子集釋》（北京：中華書局，2015 年 10 月）

18. 余嘉錫：《四庫提要辨證》（昆明：雲南人民出版社，2006 年 11 月）

19. 吳仁安：《明清江南著姓望族史》（上海：上海人民出版社，2009 年 12 月）

20. 吳安仁：《明清江南望族與社會經濟文化》（上海：上海古籍大學，2001 年 11 月）

21. 李立信：《《昭明文選》分三體七十五類說》（台北市：文史哲出版社，2017 年 1 月）

22. 李滌生：《荀子集釋》（台北市：學生書局，2014 年 9 月）

23. 汪耀楠：《注釋學綱要》（北京：語文出版社，1997 年 4 月）

24. 周貞亮：《梁昭明太子蕭統年譜》（臺北市：臺灣商務印書館，1981）

25. 周駿富編：《皇清書史》，收於《清代傳記叢刊》（台北市：明文書局，1886 年 1 月）

26. 周駿富編：《國朝耆舊類編初編》，收於《清代傳記叢刊》（台北市：明文書局，1886 年 1 月）

27. 周駿富編：《清代樸學大師列傳》，收於《清代傳記叢刊》（台北市：明文書局，1886 年 1 月）

28. 周駿富編：《清史列傳》，收於《清代傳記叢刊》（台北市：明文書局，1886 年 1 月）

29. 周駿富編：《清史稿》，收於《清代傳記叢刊》（台北市：明文書局，1886 年 1 月）

30. 周勛初纂輯：《唐鈔文選集註彙存》（上海：上海古籍出版社，2021 年 2 月）

31. 屈守元：《昭明文選雜述及選講》──《選學椎輪初集》（台北市：貫雅文化，1990 年 9 月）

32. 俞紹初、許逸民等編：《中外學者文選學論集》（北京：中華書局，1998 年 8 月）

33. 俞鹿年：《中國官制大辭典》（哈爾濱：黑龍江人民出版社，1992 年 10 月）

34. 范志新：《避諱學》（台北市：台灣學生書局，2006 年 6 月）

35. 韋胤宗：《浩蕩遊絲：何焯與清代的批校文化》（北京：中華書局，2021 年 8 月）

36. 唐子恒：《文言語法結構通論》（濟南：山東大學出版社，2005 年 6 月）

37. 孫啟治、陳建華編撰：《中國古佚書輯本目錄解題》（上海：上海古籍出版社，2017 年 11 月）

38. 徐世昌著、陳祖武點校：《清儒學案》（石家莊：河北人民出版社，2008 年 12 月）

39. 徐振堮著：《世說新語校箋》（台北市：文史哲出版社，1989 年 9 月）

40. 徐復觀：《兩漢思想史》（北京：九州出版社，2018 年 4 月）

41. 殷海光：《殷海光先生文集》（台北市：九思出版社，1979 年 3 月）

42. 高明峰：《昭明文選新探》（北京：中國書籍出版社 2021 年 10 月）

43. 高秋鳳：《宋玉作品真偽考》（台北市：文津出版社，1999 年 3 月）

44. 張舜徽：《中國古代史籍校讀法》（北京：商務印書館，2019 年 11 月）

45. 張舜徽：《張舜徽學術論著選》（武漢：華中師範大學，1997 年 12 月）

46. 張舜徽：《張舜徽集·顧亭林學記》（武漢：華中師範大學，2005 年 12 月）

47. 張鳳：《文本分析的符號學視角》（黑龍江：黑龍江人民出版社，2008 年 1 月）

48. 曹格平編：《魏晉全書》（長春：吉林文史出版社，2006 年 1 月）

49. 梁啟超：《清代學術概論》（台北市：台灣商務印書館，2008 年 10 月）

50. 許維遹撰、蔣維喬輯校：《呂氏春秋集釋·佚文輯校》（台北市：世界書局，2015 年 4 月）

51. 陳新雄：《昭明文選論文集》（台北市：木鐸出版社，1976 年 5 月）

52. 陶敏：《中國古典文獻學》（長沙：岳麓書社，2014 年 8 月）

53. 傅剛：《昭明文選研究》（北京：中國社會科學出版社，2000 年 1 月）

54. 傅璇琮、蔣寅主編：《中國古代文學通論·宋代卷》（瀋陽：遼寧人民出版社，2005 年，5 月）

55. 勞思光：《新編中國哲學史》（北京：三聯書店，2017 年 3 月）

56. 游志誠：《文選綜合學》（台北市：文史哲出版社，2010 年 4 月）

57. 游志誠：《文選學綜觀研究法》，收於《古典文獻研究集刊》（台北市：花木蘭文化出版社，2011 年 9 月）

58. 游志誠：《昭明文選學術論考》（台北市：學生書局，1996 年 3 月）。

59. 程千帆、徐有富：《校讎廣義：版本篇》（濟南：齊魯書社，1998 年 4 月）

60. 逯欽立校注：《陶淵明集》（北京：中華書局，1979 年 5 月）。

61. 楊伯峻編：《春秋左傳注》（北京：中華書局，2000 年 7 月）

62. 楊東蓴：《楊東蓴學術論著選》（武漢：華中師範大學，1997 年 12 月）

63. 溫世頌：《教育心理學》（台北市：世界書局，2018 年 1 月），頁 183～184。

64. 葉國良：《經學通論》（台北市：大安出版社，2006 年 10 月）

65. 葉慶炳：《中國文學史》（台北市：台灣學生書局，1997 年 6 月）

66. 董宏鈺：《陳八郎本昭明文選音注研究》（北京：中國社會出版社，2022 年 11 月）

67. 漆永祥：《乾嘉考據學研究》（北京：北京大學出版社，2020 年 7 月）

68. 趙蕾：《朝鮮正德四年本《五臣注文選》研究》（鄭州：河南大學出版社，2014 年 8 月）

69. 劉景農：《漢語文言語法》（北京：中華書局，1994 年，月不詳）

70. 劉群棟：《文選唐注研究》（上海：上海古籍出版社，2019 年 11 月）

71. 劉鋒、汪翠紅等編：《文選資料彙編——序跋著錄卷》（北京：中華書局，2019 年 4 月）

72. 劉鋒：《文選校讎史稿》（上海：上海古籍出版社，2020 年 9 月）

73. 劉躍進：《文選學叢稿》（北京：中國社會科學出版社，2021 年 7 月）

74. 劉躍進：《文選舊註輯存》（南京：鳳凰出版社，2017 年 10 月）

75. 滕守堯：《中國懷疑論傳統》（瀋陽市：遼寧人民出版社，1992 年 3 月）

76. 鄭州大學古籍所編：《中外學者文選學論集》（北京：中華書局，1998 年，8 月）

77. 穆克宏：《六朝文學研究》，收於《福建師範大學文學院百年學術叢刊（第一輯）》（台北市：萬卷樓圖書，2018 年 9 月）

78. 穆克宏：《昭明文選研究》（北京：人民出版社，1998 年 12 月）。

79. 錢穆：《宋明理學概述》（北京：九州出版社，2016 年 11 月）

80. 駱鴻凱：《文選學》（北京：中華書局，2015 年 3 月）

81. 謝雲生：《魏碑體金剛經》（上海：上海古籍出版社，2019 年五月）

三、學位論文

1. 王忠杰：《余蕭客文選學研究》，華僑大學碩士學位論文，2019 年 5 月。

2. 王書才：《明清文選學評述》中國社會科學院博士論文，2003 年 6 月。

3. 王曉雪：《張文虎年譜》，南京師範大學碩士論文，2020 年 5 月。

4. 朱清泉：《中國古代笛屬樂器的歷史研究》，河南大學碩士學位（古代音樂學）論文，2004 年 5 月。

5. 吳東莉：《于光華文選集評研究》，雲南師範大學碩士學位論文，2019 年 5 月。

6. 吳斌：《義門讀書記之文選賦評點研究》，江西師範大學碩士學位論文，2017 年 6 月。

7. 李丹：《徐階年譜》，蘭州大學碩士學位論文，2020 年 5 月。

8. 胡育來：《張雲璈論考》，蘇州大學碩士學位論文，2006 年 5 月。

9. 唐小茜：《選學膠言研究》，貴州大學碩士學位論文，2021 年 5 月。

10. 張驍飛：《宋代疑古第一人——歐陽脩的疑古思想》，河南大學碩士論文，2007 年 5 月。

11. 郭寶軍：《宋代文選學研究》，河南大學博士學位論文，2009 年 3 月。

12. 陳露：《嘉道年間《文選》李善注補注研究》，山東：暨南大學碩士學位論文，2016 年 6 月。

13. 喬杭媛：《選雅》研究，武漢大學碩士學位論文，2019 年 5 月。

14. 游志誠：《文選學新探索》，東吳大學博士學位論文，1988 年 4 月。

15. 董萌：《文選李善〈注〉引《字林》研究》，長春師範大學碩士學位論文，2014 年 5 月。

16. 賈全明：《文選集釋研究》，河南大學碩士學位論文，2001 年 5 月。

17. 閻薈：《文選五臣注研究》，遼寧師範大學碩士學位論文 2014 年 4 月

18. 韓劉學：《汪師韓與文選學》，蘇州大學碩士學位論文，2010 年 4 月。

四、期刊論文

1. 王俊義：〈乾大昕寓義理於訓詁的義理觀探討〉，《乾嘉學者的義理學》（台北市：中央研究院中國文哲研究所經學叢刊，2003 年 12 月），總頁 455～480。

2. 王書才：〈張雲璈生平與著述〉，《中國社會科學院研究生院學報》，2004 年第 1 期，頁 99～100。

3. 任竟澤〈論宋代文選學衰弱之原因〉，《中國文化研究》，（北京：北京語言大學，2007 年，第二期，夏之卷，頁 79～92。

4. 屈守元:〈清儒《文選》學注述舉要〉,《鄭州大學學報》,1993 年,第五期,頁 1~9。

5. 孫計康:〈明代版本學發展探究〉,《江蘇教育學院學報》(社會科學版),2009 年 3 月,第 2 期,第 25 卷,頁 83~85。

6. 張麗珠:〈「漢、宋之爭」難以調和的根本歧見〉,《乾嘉學者的義理學》(台北市:中央研究院中國文哲研究所經學叢刊,2003 年 12 月),總頁235~280。

7. 郭容:〈徐攀鳳《選注規李》評述〉,《圖書館理論與實踐》,(寧夏:寧夏圖書館學會,2007 年 4 月),頁 74~76。

8. 傅瓊:〈明代文選衰弱說質疑〉,《廣西社會科學》,第 11 期(總第 161 期),(廣西:廣西壯族自治區社會科學界聯合會,2008 年 11 月),頁 122~126。

9. 楊亮:〈論元代《文選》學衰落之原因〉,《殷都學刊》,(河南:安陽師范學院,2014 年),頁 51~58。

10. 劉群棟:〈呂向生平著述〉,《中州學刊》(鄭州市:河南省社會科學院,2013 年 11 月),第 11 期(總第 203 期),頁 153~157。

11. 劉群棟:〈唐代《文選》學興起的背景與原因〉,《中州學刊》(鄭州市:河南省社會科學院,2015 年 3 月),第 3 期(總第 219 期),頁 150~155。

五、網路資料

1. https://www.google.com.tw/maps

六、其他《昭明文選》版本資料

1. 朝鮮世宗十年奎章閣六臣注本,東京大學東洋文化研究所所藏。

2. 朝鮮卞季良刊六臣本,東京大學東洋文化研究所所藏。

3. 朝鮮明武宗正德四年黃□跋五臣本,東京大學東洋文化研究所所藏。

4. 明世宗嘉靖元年王諒校元槧張伯顏李善〈注〉本,東京大學東洋文化研究所所藏。

5. 日明治二十年井井居士對校慶長二年六臣注本,東京大學東洋文化研究所所藏。

附錄 《選注規李》《選學糾何》全文、《選學膠言》部分引文

條目	《選注規李》	《選學糾何》	《選學膠言》
1. 昭明太子‧昭明元序	X（註1）	何校：序而似賦、序之變也。 徐案：變者、更張之謂。昭明此篇正力學前人為之，其所甄錄自經〈序〉三篇外、王元長之〈序曲水詩〉、任升彥之〈序文憲集〉，故已駢麗其體，知變亦不始昭明也。	X
2. 昭明太子‧文選元序	X	何校：騷人之作，亦謂之賦、故《漢志》載：「屈原〈賦〉、二十五篇。」	X

篇名·句	案（一）	案（二）
「隊人之文，自茲而作。」句	徐案：屈之〈離騷〉，史遷以為上追「三百篇」，賈誼則曰：「被讒放逐作離騷賦。」如史公之說可列於《詩》；如賈傳之說可登諸賦兗之；〈離騷〉非詩，亦非賦，安得混而一之？昭明另列一體，極足一證。	X
3. 李崇賢·上文選注表「崇山隧簡。」句	X	何校：《書》孔〈傳〉云：「崇山，南裔。」大西、小西、二山，在武陵郡，亦南裔也。以崇山代之，不直使一事，徐使貢法也。 徐案：「崇」當作「嵩」，張華〈嵩高〉語「崇」作「嵩」，舊刻固自催鑿。今攷〈江總皇太子太學講碑〉有曰：「羽陵蠹迹，嵩山落簡」，此事況上文云：「撮壤崇山」，萬無復用之理，何說殊曲。 〈崇山即嵩山〉 雩璵按：崇山當是嵩山。《晉書·束皙傳》：「有人嵩高山下得竹簡兩行科斗書，莫有知者，皙曰：此漢明帝顯節陵中冊文也，檢驗果然，時人服其博識。」隆簡應即指此，恐非「撮壤」之讀。其簡記所語，二酉日上文應重複，韋昭《國語注》：高字古文正作崇，又按字書「通用」，則此無為嵩山無疑。 【第七冊，頁273～274】
4. 班固·兩都賦序	X	李〈注〉：前〈注〉自光武至和帝都洛陽，西京父老有怨，班固恐帝去洛陽，故上此詞以諫，和帝大悅〈注〉《後漢書》，顯宗時，除蘭臺令史，遷為郎。上〈兩都賦〉。 徐案：後注為是，李氏此書類援前人之書為注，前注失所引書名，歷考史之書無「和帝大悅」事，可知餘詳〈古詞〉加而非非李元本，可知餘詳〈古詞〉子行〉一條下。 〈上都〉 「作我上都」，李氏於「上都」無注，李濟翁《資暇錄》云：「五臣注『上都』，西京也。』何太淺迂怨易戲？必欲加李氏所不注，何不云：『上都』，君上所居，人所都會，況秦地隩田，上居天下之上乎？ 【第七冊，頁287～288】

條目	李注・徐案		《選學糾何》
5. 班固・兩都賦序「外興樂府協律之事。」句	李〈注〉：《漢書》：「武帝定郊祀之禮」，乃立樂府，以李延年為協律都尉。　徐案：樂府之立在武帝。《續漢・禮志》：「孝惠二年，使樂府令夏侯寬備其簫管。」蓋樂府雖有其官，惟采詩入樂自武帝始。鄭夾漈云。	X	X
6. 班固・兩都賦序「奚斯頌魯」句	李〈注〉：《韓詩》曰：「新廟奕奕，奚斯所作。」薛君曰：「是詩，公子奚斯所作也。」　徐案：《魯頌・子夏序》曰：「僖公能遵伯禽之法，閟宮卒章」而史克作頌，是作頌者史克，非奚斯也。「惟《法言》：『正考文作《商頌》，奚斯作《閟宮》之詩。』《後漢書・曹褒傳》：『考甫詠殷，奚斯頌魯。』王延壽《魯靈光殿賦》：『奚斯頌僖，歌其路寢。』然則以《閟宮》詩為奚斯作者，不止《韓詩》。」	X	〈魯頌非奚斯作〉　雲璈按：《魯頌・子夏序》：「僖公能遵伯禽之法，閟宮卒章」而史克作頌，奚斯所作者是廟也，《毛傳》云：「大夫公子奚斯作是廟也。」《箋》云：「鄭奚斯者是廟也。」是史克作詩也，《韓詩》亦但云作詩，奚斯作廟，且《韓詩》並未明言奚斯作詩。「新廟奕奕，言奚斯作詩者誤也，奚斯作廟始作詩，仍承薛君之誤。李〈注〉引《閟宮》詩為薛君之誤。【第七冊，頁284～286】
7. 班固・兩都賦「賓曰唯唯。」句	李〈注〉：《曲禮》曰：「父召，無諾，唯而起。」　徐案：此當引《戰國策》：『范睢曰：唯唯。』之類。	X	〈唯唯〉　按：「唯」者，應之速而無疑者也。故單一「唯」字如《論語》曾子曰：「唯。」唯唯者，將欲有言而暫應之也。如范睢推之於秦王是也。當引《戰國策》而范引《曲禮》，不當引《曲禮》。【第七冊，頁288】

8. 班固・兩都賦 「挾豐霸。」句	X	何校:《水經注》:「灞水,秦穆世更名,以顯霸功。」然則霸字不當加水旁也。 徐案:豈獨霸字?即豐字亦然。《尚書・武成》:「王來自商,至于豐。」《詩・大雅》:「豐水東注。」豐水當作澧也。或加邑旁,如〈上林賦〉之「酆鎬潦滿」皆非是。	〈霸字不當從水〉 雲璈按:後南望杜霸亦不加水,足知水旁為後人所增,胡中丞本云此,五臣加水而亂善,非善舊也。今茲水茲字亦當從水。《三秦記》曰:「龍首山,六十里頭入渭,尾達樊川,在旁曰日」,在首曰『扶』,在旁曰『據』。」【第七冊,頁294】
9. 班固・兩都賦 「隨侯明月。」句	X	何校:《史記》雖本有「隋」字,然此處本及《後漢書》皆作「隨」,不獨隋文帝始去之。 徐案:隋文帝以前「隨」,不予「隋」,肉,徒果切,今之經書傳寫摹刻,任意互更,是書中如隨珠張平子〈吳都賦〉:「綴隨珠以為燭。」隨掌劉越石〈答盧諶詩〉序:「夜光之珠,何得專玩於隨掌?」隨和隋為玩〈典引〉:「親隨掌和者難為珍。」和隨班孟堅「和隨之珍。」即此隨侯之隨,不當作隋也謝元暉〈辭隨王牋〉亦疑作「隨」。	X
10. 班固・兩都賦 「睎秦嶺。」句	李〈注〉:注《說文》曰:「睎,望也。」 徐案:《方言》:「東齊徐間謂眄曰睎。」	X	X

引文	李〈注〉、徐案		《選學膠言》
11. 班固・兩都賦「度宏規而大起。」句	李〈注〉:《小雅》:度與堯通,度或為慶。 徐案:即《小爾雅》:《五經正義》皆如此省文。「度」當為「忖度」之「度」,與上「圖皇基於億載」「圖」字同義。	X	〈度或為慶〉 按注中所引《小雅》處甚多,即《爾雅》凡《五經正義》注如此省文也。《方言》注亦然,注中往往有誤作《爾雅》者,蓋不知何者所改也。《小雅》載《漢(書)・藝文志》,即《孔叢子》之第十一也。 【第七冊,頁295~296】
12. 班固・兩都賦「藍田美玉。」句	李〈注〉:引《范子計然》。 徐案:《唐書・藝文志》范蠡同,計然答也,班固注:「計然,范蠡師也。」研案心計於無根,計然之名。韋昭曰:「研,范蠡師,計然之名」。	X	〈范子計然〉 按:通考《史記・貨殖傳》徐廣〈注〉:「計然,范蠡,師名。」研裘瞯曰:「計然,葵丘濮人,姓辛,字文子。」……自班固時本書已疑,其依託況尤不可考。信《唐書・藝文志》《范子計然》十五卷,范蠡問,計然答也。 【第七冊,頁301】
13. 班固・兩都賦「珊瑚碧樹。」句	李〈注〉:《廣雅》曰:「珊瑚,珠也。」《淮南子》曰:「崑崙山有碧樹,在其北。」 徐案:〈司馬相如傳〉注云:「珊瑚生水底邊大者,樹高山尺餘,樹無枝柯、珊瑚有黑色、碧色者,本草」珊瑚有黑色碧色者,良据此,或碧樹即珊瑚之碧色者與?	X	〈珊瑚碧樹〉 「珊瑚碧樹周阿而生〈注〉:「《廣雅》云:『珊瑚如樹有枝柯,珠也。』崔璦按:『珊瑚如叢生,故〈司馬相如傳〉:『珊瑚叢生』〈注〉:『珊瑚生水底,石邊大者,樹高一尺餘,無有枝華。』考《本草》言:『珊瑚有黑色、碧色者,《廣雅》謂之:『珠,未詳。』碧色者,碧色 【第七冊,頁301】

徐崇鳳《文選》學研究

篇目		考證內容	出處
			者，良據此。」則賦以珊瑚碧樹連言，或碧樹崗即指珊瑚之碧色若者耳。〈注〉引《淮南子》：「崑崙碧樹。」高誘以為青石，恐未必然。【第七冊，頁307】
14. 班固·兩都賦「許少施巧，秦成力折。」句	X	何校：「許少，古捷人。」「秦成，古壯士。」徐案：李注既云：「未詳」，則知其許者當確指何時何地之人，方為有據。若但如五臣所謂：「昔之健人、壯士云」者，則本文「施巧力折」已明，是「便捷、壯往」之象可。云不值一哂者已，他如〈西京〉注云：「虎威草莽，嚴更之署。」李注云：「虎威、草莽，未聞其意。」何氏濾曰：皆更署名，亦未免臆撰而少佐證。	〈許少〉......錢宮詹云：「《漢書·人表》有『許少，許少』，豈即許少幼乎？【第七冊，頁314】
15. 班固·兩都賦「招白鷴。」句	X	何校：《後漢書》：「鷴，倣閑；招，倣舉也。」駑有黃聞，此白閑，蓋弓駑之屬。徐案：此語，王深甯已先之矣。但李既據鷴為注，讚《選》者固當從李，古人文法不盡排偶也。	〈白鷴〉雲璈按：此說已見《困學紀聞》，云《風俗通》：「白鷴，古弓名。」《文選》賦行文非必如後人如後人以聲隅，竊謂古鷴請為鷳，非禽名也，招之訓舉，別無所見，鷴究屬奉強，招胡中丞云：「注中當有鷴與投同囚字。」【第七冊，頁316】

	李〈注〉、徐案		雲璈按
16. 班固·兩都賦「舉百郡之廉孝。」句	李〈注〉：興廉舉孝也。 徐案：《漢書》：「元朔，有司奏議曰：不舉孝，不奉詔，當以不敬論。不察廉，不勝任也，當免。」西漢分孝、廉為二科，東漢始合一科。	X	〈孝廉〉 雲璈按：孝廉之舉，始於西都，孝與廉實分為二科。廉與孝、廉實分為二科。〈元朔詔書〉議：「不舉孝，不奉詔，罪。」「有司奏議曰：不察廉，不勝任，當免。……，自東都始合一科也，當免。……，自東都始合一科也。 【第七冊，頁 309】
17. 班固·兩都賦「行所朝夕」句	李〈注〉：闕。 徐案：蔡雍《獨斷》曰：「天子四海為家，故謂行在為所。」	X	X
18. 班固·東都賦「遷都改邑，有殷宗中興之則焉。」句	李〈注〉：《史記》：「盤庚渡河南，復居成湯之故都。」 徐案：殷有三亳，「南亳」穀熟為湯都；「北亳」蒙即景亳，湯所受命；「西亳」偃師乃盤庚所遷，故《書·序》三篇，兩言新邑，故《書》 〈疏〉：「有將始治殷之語。」自是遷以為復，故居殷承其訛調，於〈地理志〉：「河南偃師縣」注云：「殷所都。」康成注經亦因之，皆非也。孔穎達《正義》引皇甫謐《辨》云：「孟子傷居亳，與葛為鄰，今梁國甯陵之葛鄉，去湯亳七十里，若湯居師縣，甯陵去偃師八百餘里，當使亳眾為之耕乎？是賦之意正謂「盤庚遷殷，光武遷洛陽。」皆中興，故援引以相況，安得舉史公謬說釋之？	X	〈盤庚無復湯故都之說〉 雲璈按：更考〈書序〉，盤庚將治亳殷，《疏》引束晳據孔壁中尚書作「將始宅殷」。……班氏所承史公之謬，故於〈地理志〉「河南偃師縣」云：「殷湯所都。」於是鄭氏注經因之，而李氏此注亦因之，皆誤也。魏王《泰括地志》因之，亦因之，皆誤也。 【第七冊，頁 327～328】

條目			
19. 班固·東都賦「正雅樂。」句	李〈注〉:「《尚書璇機鈴》曰:有帝漢出,德洽作樂,名『雅』。」徐案:「雅」,皆宜作「夏」,此條詩見王深寧《困學紀聞》。餘為前人已言雅不可易者,縣從明琴恐昭仍襄之聲也。(此條「至『誓』也」為雙行小案)	X	〈大子〉「正雅樂」按《困學紀聞》謂當作「大子」樂。「今李〈注〉亦引作「大子」。《困學紀聞》云:「大子樂改為雅樂耳。《漢書·明帝紀》〈注〉引〈漢官儀〉云:大子樂令一人,秩六百石,顏延之〈曲水詩序〉:大子協樂延之〈東觀漢記〉〈注〉引《孝明詔》曰:正大樂官,曰大子樂官。」【第七冊·頁328】
20. 班固·東都賦「邱陵為之搖震。」句	李〈注〉:「震」協讀,音「真」。徐案:孟堅作賦時未有讀書詁段協韻,況古無四聲,而「震」字確有平聲,何必云協?張平子〈東京賦〉:「示民不偷。」〈注〉:「偷,以朱切」協讀,亦非。因附及後。不復贅。	X	X
21. 班固·東都賦「僸佅兜離。」句	李〈注〉:注闕兜字之義。〈徐氏說法〉徐案:《白虎通》曰:「南夷之樂曰《兜》,西夷之樂曰《禁》,北夷之樂曰《昧》,東夷之樂曰《離》。」或謂:「兜」字乃「任」字之譌,但此四句恰好作此賦注腳,且俱出孟堅之手,或當時本作「兜」,或許說樂是一,而字並木同,蓋古音有輕重也。	X	〈僸佅兜離〉汪韓門太史〈文選質疑〉云:「僸佅兜離,罔不具集。」中闕「兜」字未釋。見《白虎通》此注之疏也。雲璈按李注明云說樂是一,而字並未明,蓋古音有輕重。正以南夷之任釋「兜」,未可;但未明引《白虎通》耳。【第七冊·頁339】

篇名・句		何校・徐案	參考
22. 班固・東都賦 「乘時龍。」句	X	何校:《後漢書》注:「馬八尺以上為龍。」《月令》:「春為蒼龍」，各隨四時之色，故曰時龍。」李隨《易》「時乘六龍」而非。 徐案:〈東京賦〉亦引《周易》「時乘六龍」，而曰:「時乘六龍」，李隨其時乘之」，何之譏李即用其說。	〈時龍〉 《讀書記》:「《後漢書》注:『馬八尺以上為龍。』《月令》:『春為蒼龍』，各隨四時之色，故曰時龍。以李引《易》為非。」雲璈按:〈東京賦〉『天子乃乘六龍』語，蓋此以『時乘六龍』為『時乘六龍』，日乘氏於〈東京賦〉乘六龍」亦無不可。『各隨其時而乘之』，何之譏李即用此說耳。 注固明言『時乘六龍』為『時乘之』，注固明用此說耳。 【第七冊，頁332】
23. 班固・東都賦 「險阻四塞。」句	X	何校:改注中「蘇秦說孟嘗君」為「蘇秦說秦惠王。」 徐案:《齊策》:「孟嘗君將入秦、蘇代說孟嘗君，曰:『秦，四塞之國也。』」只是蘇代之語，校注者但須易蘇秦為蘇代耳。奈何妄改之?	〈秦惠王當作孟嘗君〉 胡中丞云:「秦惠王」三字，何校改此「誤也。」章懷〈注〉所引作「孟嘗君」，此齊策孟嘗君將入秦，章文今本高注具存，姚宏校跋《戰國策》本指此條為今本所無，其失檢與何正同。雲璈按:跋乃宏弟宏覽，非宏也。 【第七冊，頁340】
24. 張衡・二京賦 「薛綜注」句	X	何校:此注疑其假託。綜，赤烏六年卒，安得見王蕭《易注》而引用之耶?〈綜傳〉有述「二京」之語，恐亦不謂此賦也，又探賾圖以窺，其所言耳。王蕭《周易注》曰:「六二造反切，未必遂行於吳。 徐案:〈薛綜傳〉見《三國・吳志》。〈綜傳〉云:「〈二京解〉有云:『五經圖述』、〈二京圖〉、〈五經圖〉，今不傳，〈二京	〈薛綜注〉 雲璈按:亦承〈綜傳〉而言之耳。自當以〈傳〉為據。胡中丞向氏所云不當引用。著蓋指「旅束帛箋」下注《周易》曰:「六五」「六二」「賁於丘園」云云也。是己因而疑綜此是善此注亦引〈注〉假託，則非。蓋何未悟此是善此〈注〉耳。〈演連珠〉注亦引，此王

篇目	李善注與徐攀鳳案語	雲璈按語
（承上）	解〉非此註。而何至王蕭卒於甘露元年先赤烏六年十三祀耳，誰謂《易傳》必做於綜卒之耶？後綜竟不見之耶？若反切原是後傳觀李氏所引毛萇《詩傳》、訐慎《說文》、王逸《楚詞》注句用反切，要皆元書所無也，薛注之有反切即是此例，夫復奚疑。 X	蕭〈注〉當是脫去「著曰」二字。雲璈按中丞斷此註於李氏，可謂不煩言而解，惜不合同氏聞之。雲璈又按「文心雕龍・指瑕篇」云：〈西京賦〉稱「中黃、育獲之儔。」而薛綜〈注〉謂之「奄尹，是不聞執雕虎之人也。」今《文選》薛〈注〉並無奄尹之說，謂審彥和何據，起當曰薛注有未是者，李氏亦從而去之耶。又按注韓門太史云凡作舊注者二十四人，反不知名者所注賦十四，詩十七，楚辭十七，設論符命各一、連珠五十，李氏皆標明某注，不似後人之攘為己有也。若〈藉田〉、〈西征〉則雖有舊注，不取，亦有無注者兩篇，則〈尚書《魏志》又有魏權者作是也。雲璈按注〈左傳〉之〈序〉、〈吳都賦注〉，……當時已無傳，非不取也。【第七冊，頁341～343】
25. 張衡・西京賦「人嗇之謀。」句	李〈注〉：嗇，教也。 徐案：《左傳》：「楚人嗇之脫局。」「嗇」字本此。	〈嗇〉 雲璈按《左傳・宣十二年》：「楚人嗇之局。」杜〈注〉：嗇，教也。「後旗不脫局」《左傳》疏矣。「〈注〉不引《左傳》注」，今薛綜〈西京賦〉引薛綜〈西京賦〉脫局《左傳正義》：「局所以止旗也。」今《選》注刪此文。 【第七冊，頁347】

26. 張衡‧西京賦「何必昏於作勞。」句	李〈注〉:昏,勉也。《尚書》曰:「不昏作勞。」徐案:《盤庚》「昏」字,康成讀為啓。潘元茂《冊魏公九錫文》「昏罔民啓作」亦當如「啓」讀。	X	〈昏作啓〉雲璈按《盤庚》孔〈傳〉:「昏,強也。」《正義》:康成讀昏為啓,訓為勉,與孔不同。今此賦薛〈注〉亦訓為勉,當依康成讀為強。《爾雅》:「昏與啓皆訓為強。」故釋文兩存之。【第七冊‧頁361】
27. 張衡‧西京賦「清酤敎。」句	李〈注〉:敎,多也。徐案:古人音多、秖同音。《論語》「多見其不知量。」邢《疏》「多」讀若「秖」。	X	〈多敎同音〉汪韓門太史《綴學》云《論語》:「多見其不知量。」邢《疏》「多秖同音。」……李注《文選》多為敎,而云《廣雅》曰:「敎,曰多也。」並訓為多,其偏旁皆從多。……遂不知多秖之同音矣。【第七冊‧頁369～370】
28. 張衡‧西京賦「度曲未終。」句	李〈注〉:漢元帝自度曲。徐案:宋玉〈笛賦〉:「度曲羊腸」語,在元帝度之先。	X	〈度曲〉雲璈按度曲與自度曲有別今填詞家,不由舊譜而抑為一調,謂之自度曲,自是出於元贊。惟但知音杜,不知音鐸耳。【第七冊‧頁373～374】
29. 張衡‧西京賦「抵岠嵠詢,揍蕚嶙峻。襄岸夷塗,脩路陵陵。」句	X	X	何校:觀此「嶮」與「險」,蓋兩義。徐案:險者,阻深、習坎、重險是也。嶮者,高峻、嵇叔夜〈琴賦〉:「丹崖嶮巇」,其一証也。

30. 張衡·西京賦「仰福帝居。」句	X	何校：顏氏《匡謬正俗》云「副貳之字本為福，從「衣」昌聲〈西京賦〉云：「仰福帝居。」傳寫訛，轉衣為「示」，讀者便呼為福禄之福，失之遠矣。 徐案：此亦見《說文》·繫傳》福字下見·偶憶荀悅《申鑒·政體篇》「好惡毀譽賞罰，相福也。」福字亦當從衣旁，東漢人蓋慣用此字。	〈福〉 《匡謬正俗》曰：「副貳之字本為福，從「衣」昌聲〈西京賦〉云：「仰福帝居。」傳寫譌謬，轉衣為福禄之福，失之遠矣。」讀者便呼為福禄之福，失之遠矣。 徐案：此亦見《說文》·繫傳》福字下見徐鍇云「繫傳」於福字下辨云〈西京賦〉「仰福帝居」故同顏說也。盧學士云荀悅《申鑒·政體篇》「好惡毀譽賞罰，相福也。」亦是·福字為副，當訓為副。 【第七冊，頁349～350】
31. 張衡·西京賦「想升龍於鼎湖。」句	X	何校：賦武作「鼎湖宮」於藍田。 徐案：賦意言漢武之升遐也，仍照李〈注〉以《史記》「黃帝騎龍」事釋之為得。	X
32. 張衡·西京賦「複陸重閣。」句	X	何校：「陸」疑「陸」。 徐案：「陸」字、是左思〈魏都賦〉：「或鬼驅而複陸。」即用此。	X
33. 張衡·東京賦「楚築章華於前。」句	李〈注〉:《左氏傳》曰：「楚子成章華之臺於乾谿，一朝叛之。」 徐案：《左傳》實無此文，恐謬記·《魯昭·七年》：「楚子成章華之臺」之傳與乾谿諸侯落之。」章華與乾谿落非一處。辯詳沈存中《筆譚》	X	〈章華臺〉 《渚宮舊事》:「靈王做傾宮、三年未息，而為章華之臺。罷人來朝、王誘之、與客登章華臺。三休乃至。《太平寰宇記》……沈括《夢溪筆談·辯證二》（註2）云：天下地名錯亂乖 【第七冊，頁387～388】

（註2）《選學膠言》原文作《夢溪筆談·辯證門》，許誤也；「門」應改為「二」為正。參《選學膠言》，第七冊，頁387～388。

謬，率難考信。如楚章華臺、亳州城父縣、監利皆有之。乾谿亦有數處。據《左傳》諸侯從之。楚靈王亡之年，成章華之臺，「與荊州江陵、長林、陳州商水縣監利皆有之。」杜預注：「章華臺，在華容城中。」華容即今之監利，非岳州之華容也。至今有章華故臺，在縣郭中，與杜氏之說相符。……【第七冊，頁387～388】

篇目・引文			
（續前）		X	X
34. 張衡・東京賦「趙建叢臺於前。」（註3）」句	X	何校：〈趙世家〉無「武靈王起叢臺」故事。徐案：今《史記》作「野臺」，蓋「叢」古作「藂」。《括地志》：「野」古作「樷」，《正義》曰：「藂一名義臺。」因「藂」誤「樷」，「樷」遂作「野」，而義又與「藂」形似而誤也。	
35. 張衡・東京賦「憚夫威以撫戎狄，呼韓來享。」句		李〈注〉：戎、狄、呼韓，竝國名也。徐案：呼韓乃單于單號，非國名。	X
36. 張衡・東京賦「何云巖險與襟帶。」句		李〈注〉：李尤〈函谷關銘〉：「襟帶咽喉也。」徐案：元文「函谷險要，襟帶咽喉」，	X

〔註3〕應為「後」，許誤刊。

37. 張衡·東京賦「龍圖授羲，龜書畀姒。」句	尹從李老，留作二篇。「咽喔篇篇韻不得誤倒，也字亦贊。 李〈注〉：《尚書傳》曰：分證授義，異姒之說。徐案：《易·繫辭》、《洛書》與《河圖》並言，是為同時所出，《宋書·符瑞志》：「《龍圖》出河，《龜書》出洛，以授軒轅。」《隋·經籍志》：「河圖九篇，洛書六篇，相傳自黃帝至周文王所受，洛書言之。」何緣覺以《河圖》屬羲、《洛書》屬禹自解？經家如孔安國肇分析言之，嚴成讎牾《讀易微言》，今因平子〈賦〉署及之。		X	X	X
38. 張衡·東京賦「藻繢淡乎箐倍。」句	李〈注〉：《毛詩》曰：「惟筟箐藻。」徐案：《詩·小雅·箐葉》〈小序〉云：「上棄禮而不行，雖有筟箐藻，不肯用也。」《毛詩》。宜改〈詩序〉。		X	X	X
39. 張衡·東京賦「發鯨魚，鏗華鐘。」句	李〈注〉：發，擊也。鏗，猶擊也。故言華也。徐案：薛〈注〉元文引列〈東都賦〉：「發鯨魚，鏗華鐘。」下甚詳。此處奈何刪之？		X	X	X
40. 張衡·東京賦「却走馬以韋車。」句	X	何校：《文子》曰：「夫召遠者，使無為焉、言無事焉，惟夜行者有之，故却走馬以糞。」			X

篇目	選注規李	選學糾何	選學膠言
（承上）	車、軌不接於遠方之外，是謂坐馳陸沈。 徐案：所引於賦，意全不葉、轉拍不合，原注之引《老子》較明楚也。又思書三寫魚成魯、帝成虎，安知元本車字不作田字，如河上公所注云云耶。	X	〈鄭交甫事〉 雲璈按今《外傳》無此文，又〈江賦〉注引《韓詩內傳》云：「鄭交甫遵彼漢皋台下遇二女、與言曰願請子之珮二女……」其事較詳。《內傳》、散佚……不可得而知也。……【第七冊、頁419】
41. 張衡・南都賦「游女弄珠於漢皋之曲。」句	李〈注〉：引《韓詩外傳》「鄭交甫」事。 徐案：《外傳》無此文。李氏於〈江賦〉「感交甫之喪珮」則云「娉江斐、與神遊。」〈蜀都〉則云「娉江斐、與神遊。」又引宗〈詠懷〉：「交甫懷襍珮。」又云《列仙傳》與《韓詩內傳》同，〈列仙傳〉久散，佚不可考，今《列仙傳》僅存。	X	
42. 張衡・南都賦「嚶嚶和鳴。」句	李〈注〉：《爾雅》：「關關、嚶嚶、聲之和也。」 徐案：《爾雅》：「關關、雝雝、音聲和也。」又曰：「丁丁嚶嚶、相切直也。」豈李氏約兩處之文誤為證引耶？	X	X
43. 張衡・南都賦「春卵夏筍。」句	李〈注〉：注闕卵字之義。（徐氏說法） 徐案：《禮記》：「春薦韭韭以卵。」	X	X
44. 張衡・南都賦「秋韭冬菁。」句	李〈注〉：《廣雅》曰：「菁蔓之菁。」 徐案：《尚書》：「包匭菁茅。」孔安國云	X	〈菁〉 《通雅》云：「蔓、菁四時皆有。」 《書》曰：「包匭菁茅。」孔安國曰：

篇目‧句	李注	徐案/何校		雲璈按‧出處
（承上頁）云「菁以為菹。」《周禮》:「菁菹鹿臡。」鄭〈注〉:「菁、蔓菁。」然則菁固另為一物也。		X	X	「菁以為菹。」《周禮》:「菁菹鹿臡。」鄭氏曰:「菁蔓,又名菁。」〈南都賦〉「秋非其華。」〈注〉曰:「菁華」菁之菁。」則又一菁也。雲璈按此菁似當從《廣雅》「菁菹」之說。賦言「菁茆」非華、冬菁」名列四物,何獨夏菁,秋非又舉其華也?於非又舉其華也? **【第七冊,頁425～426】**
45. 張衡‧南都賦「帝王臧其擅美,詠南音以顧懷。」句	李〈注〉:《左氏傳》:「鍾儀囚於晉,與之琴,操南音。」 徐案:《左傳》所言非美事。此承「帝王擅美」句來,當引呂子〈音初〉篇:「禹始制為南音」釋之。	X	X	〈南音〉 操侍御曰此當引呂子〈音初〉篇:「禹始制為南音」此於帝王下決,不用鍾儀囚音事也。 **【第七冊,頁427】**
46. 張衡‧南都賦「皇祖止焉。」句	X	何校:皇祖即上所謂「考侯思故」者也,注謂高祖,非也。 徐案:南陽,為考侯肇基之地,原與高祖無涉,此論即是。然尚忘卻上文「皇祖歆而降福」句,兩皇當一例解。	X	X
47. 左思‧蜀都賦「亦有甲第,當嵎高門,閈字顯敞,…高門,…納駟,庭扣鐘磬,堂…」句	李〈注〉:但言「葛、姜」官爵」賦義未甚明了。此段係陳申第雄壯,因言孔衍、擅字顯敞、…伯約勤勞王室,未嘗治第」苟非…	徐案:當是此二人,亦必治第。…意義未能體體會入微,辨詳上卷〈規‧李〉。(註4)	X	〈諸葛亮宅姜維皆無治第事〉 雲璈按稱其宅舍,敝薄貲財無餘,側室無妾,後庭無聲樂之娛。《蜀志》:姜維傳:「郤正著論…」此評不特失考,亦於兩匡字…據此則勝之矣,故合併共談,《選注規李》、「重壘」,《選學糾何》、葉5左。

〔註4〕《選學糾何》僅「匪葛匪姜、曷能是儗。」句,稍微與《選注規李》、「重壘」、故合併共談,《選學糾何》、葉5左。

擒某。匪葛匪姜，能是臨。」句	其人，固莫之能伽也。其義如是。《舊唐書》〈儒學傳〉：「李善注《文選》，釋事而忘意，書成以問邕，邕嘿然意欲有所更，善曰：『試為我補益之。』邕嘗曰：『借乎其書不傳。』」		姜維當日亦何嘗治第？豈獨亮也。賦正言孔明伯約乃心王室不眠，以居處為懷諸，高門納駟者安能如葛姜之是念乎？非謂二公有治第之事也。何說似泊。 【第七冊，頁454】
48. 左思‧蜀都賦 「蒟醬流味於番禺之鄉。」句	李〈注〉：引「南越食唐蒙以蒟醬」事。 徐案：蒟醬者，蒟醬似穀葉，如桑作醬。音義，蜀人以為珍味，詳《漢書音義》。	X	〈蒟蒻〉 臺璞按《酉陽雜俎》：「蒟蒻，根大如椀，至秋，葉滴露，隨滴生苗。」又《爾雅翼》云：「木草蒻頭生吳蜀，一名蒟蒻，是蒟蒻為一物。」又考劉德《漢書注》：「蒟樹如桑，其椹長二三寸，味酢取汁以為醬。」與注生子如桑椹之說合然，則蒟是蒟蒻，是蒻未可合而為一，如段成式、羅願之說也。 【第七冊，頁451】
49. 左思‧蜀都賦 「命談戲論。」句	李〈注〉：引桓譚《七說》。 徐案：《七說》係桓麟作。《後漢‧桓彬傳》：「父麟，字元鳳。」注云：「麟《文章志》見在者十八篇，有《七說》一首。」	X	〈桓譚當作桓麟〉 胡中丞云：「譚，當作麟。《後漢書》本傳，章懷注案華嶠《文章志》：『麟文見在者《七說》一首。』」云云。後〈七命〉注，〈祭屈原文〉注皆引桓麟《七說》可證。 【第七冊，頁457】

篇目			
50. 左思·蜀都賦「指渠口以為雲門。」句	X	何校:杜詩「白帝城中雲出門。」本此。　徐案:「白帝城中雲出門,白帝城下雨翻盆,正如泰山之雲觸石,下雨翻盆偏雨天下。」且此解與淵林舊注,無紕繆。陵詩言「雲門」,不逕作「雲出門」二字,畢竟何出?	〈雲門陸澤〉雲嫩按此用雲門即《史記》〈白渠歌〉:舉插為雲,決渠為雨。如詩之意。故李氏以為不取樂也。杜少陵詩曰:「帝城中雲出門」,亦用此注,意非《周禮注》之雲出門也。【第七冊,頁 449】
51. 左思·蜀都賦「馬獨三川,為世朝市。」句	X	何校:「三川」謂「魏都」,〈三都〉以魏都為主,此先逗(漏)一句,乃文章賓主呼應所必然。　徐案:「三川」〈注〉:此語極精美,但河、洛、伊三川、七國屬韓,三國已入魏、李〈注〉隱主魏言,元自不誤。	X
52. 左思·吳都賦「丹桂灌叢。」句	李〈注〉:朱筍。〈鬱金賦〉:「朱桂……」　徐案:係朱橙。〈魯靈光殿賦〉:「朱桂黔儵於南北。」〈洛神賦〉:「榮曜秋菊,華茂春松。」注皆引之。	X	〈朱稱〉按〈魯靈光殿賦〉注引作朱橙。【第七冊,頁 467】
53. 左思·吳都賦「苞筍抽節。」句	李〈注〉:苞筍,冬筍。出合浦,其味美於春夏時筍也。見〈馬援傳〉。　徐案:今〈馬援傳〉無此文。《齊民要術》引《東觀漢記》:「馬援至荔浦,見冬筍,名苞也。」	X	X
54. 左思·吳都賦「起㷉廟於武昌。」句	李〈注〉:闕。　徐案:吳都——「武昌」,未立寢廟於建業,亦然。《宋·五行志》:「權稱帝……	X	〈吳無宗廟〉雲嫩按《宋書·五行志》:「權稱帝三十年,竟不於建業立七廟,但有父堅……

句	李〈注〉／徐案	何校／徐案	備註
三十年，竟不於建業立寢廟，但有父堅廟，遠在長沙……」以似賦寢廟只宜當宮寢解。			廟，遠在長沙。」據此則「武昌起廟」事，不知賦何所據，故何氏亦云云無考也。【第七冊，頁475~476】
55. 左思・吳都賦「嶰涧閴」句	李〈注〉：《爾雅》：「小山別，大山曰嶰」。徐案：此承毛公詩傳之文耳，今《爾雅》：「嶰」作「鮮」。	X	X
56. 左思・吳都賦「猿臂駢脅。」句	X	何校：骿當為骿。猿、馬假對。徐案：注明言：「骿、骿通矣。」猿、馬假對之說，導入詞章之學，固可與之箋釋，古人文詞則纖。	X
57. 左思・吳都賦「魯陽揮戈而高麾。」句	X	何校：無「揮」、「麾」二字一句再見之理。徐案：末刻「揮」，做「援」，且注亦不明，以援戈為證矣。	〈揮麾二義〉何氏曰「揮」當作援無「揮」、「麾」二字無再見之理。雲墩按揮有震動之義，麾有指示之義，似亦不妨重用。然注明云援戈，則賦中揮字為傳寫之誤，無疑。【第七冊，頁480~481】
58. 左思・魏都賦「題目」句	李〈注〉：劉淵林〈注〉。徐案：當是張孟陽。首篇〈序〉下明言張載為〈魏都賦〉注矣。篇末「樓」字，李云：「張以樓，先寵反。」此一證也。潘正叔〈贈王元貺詩〉李亦引張孟陽〈魏都賦注〉。本書中兩得雁	X	X

	李〈注〉／徐案		
	證，至〈西京賦〉：「設在蘭錡。」下有云：「劉逵〈魏都賦注〉：『受他兵曰蘭，受弩曰錡。』」而他賦中「附以蘭錡」創無此注。似淵林別有注本。俟考。	X	
59. 左思·魏都賦「驕其險汆。」句	李〈注〉：蔡雍〈樊陵碑〉。徐案：《吳志·顧雍傳》裴松之《注》：「雍從伯喈學，伯喈謂之曰：『今以我名與卿。』故伯喈與雍同名也。」伯喈本名「雍」，今但知蔡雍字矣。	X	
60. 左思·魏都賦「都護之堂，殿居爲綺慮。（註5）」句	李〈注〉：注闕殿字之義。（徐氏說注）徐案：〈霍光傳〉：「驕數鳴殿前樹上。」師古曰：『古者，室屋高大則通呼爲殿。』〈黃霸傳〉：「丞相府中二千石博士雜問郡國上計長吏守丞，爲民除害興利者爲一輩，先上殿。」師古曰：『殿，丞相所坐屋也。』固知都護之堂，亦可稱殿。	X	〈人臣之堂稱殿〉雲璈按是人臣之堂而亦稱殿矣。考《漢書·霍光》：「驕數鳴殿前樹上。」師古曰：『古者，室屋高大則呼爲殿耳。非止天子宮中。』〈黃霸傳〉：「丞相府中二千石，博士雜門上計，長吏守丞爲民興利除害者爲一輩，丞相所坐屋也，先上殿。」師古曰：『殿，丞相所坐屋也。』......【第七冊，頁490】
61. 左思·魏都賦「闕石之所和鈞。」句	李〈注〉：《夏書》曰：「闕石和鈞，王府則有。此夏之逸書。」徐案：孟陽，晉人，未見古文，故曰逸書。然《尚書》古文，齊梁間已顯於時，何李氏尚未有考證耶？	X	〈闕石和鈞〉雲璈按《困學紀聞》云《國語》：「單穆公引《夏書》曰：『關石和鈞，王府則有。』韋昭注云：『逸書也，關門，則闕門之征也。』」......時未見古文，故闕門之征也。

（註5）「蔥」爲「窗」的異體字。

條目	李注・徐案		雲璈按語
		X	云逸書。左思〈魏都賦〉:「關石之所和鈞,財賦之所底慎。」蓋水用韋說,攃此則大沖不不為誤。《書》、〈蔡傳〉,而不知《國語》,陳矣。若《孔傳》:「金、鐵曰石,供民器用、通之使和平,則官民足。」用則其說又異,引《夏書》云云,謂之逸書。孟陽肯初人亦未見古文故也【第七冊,頁491~492】
62. 左思・魏都賦「庶土罔寧。」句	李〈注〉:《尚書》曰:「庶土交正。」《毛詩》曰:「庶土有朅。」 徐案:「庶土眾土之「土」,非士大夫的「士」,引《尚書》是,引《毛詩》非。六臣注無《毛詩》一條。	X	
63. 左思・魏都賦「三屬之甲。」句	李〈注〉:《漢・刑法志》:「魏氏武卒衣三屬之甲。」 徐案:「三屬者」,如淳曰:「三屬,上身一,髀褌一,脛繳一,凡三屬,連也。」	X	〈三屬之甲〉 雲璈按伏陵云:「作大甲,三屬竟禾也。」如淳曰:「上身一,髀褌一,脛繳一,凡三屬,連也。」沈約〈應詔樂遊苑餞呂僧珍詩〉:「超乘盡三屬」,李注亦引此。【第七冊,頁492】
64. 左思・魏都賦「洗兵海島,刷馬江洲。」句	李〈注〉:《魏武兵接要》曰:「大將將行,雨濡衣冠,是謂洗兵。」《七華》曰:「漱馬河源,飲也。」劉劭《七華》曰:「漱馬河源,飲也。」《說苑》:「武王伐紂,風霾大行。」 徐案:《說苑》:「武王伐紂,風霾而行。」	X	〈洗兵刷馬〉 雲璈按《說苑》:「武王伐紂,風霾而乘大雨,散宜生曰:此妖也。武王曰:天洗兵也。」語在《接要》前。孫侍

條目	李善注、徐案		按語
（承前）雨，散宜生曰：此妖也。武王曰：天洗兵也。語在《接要》前。刷，清。〈注〉：「婦刷馬」言「婦刷馬之塵垢」，與「刷」「刷則馬」一例看為得。又考魏武帝《兵書接要》十五卷，見《隋·經籍志》，元注下脫一「書」字。			御志祖曰：〔註6〕按《說文》「又部」刷字注拭也。……【第七冊，頁492～494】
65. 左思·魏都賦「籍田以禮勤，大閱以義舉。」句	李〈注〉：建安二十一年三月，魏武帝親耕藉田于鄴城東。建安二十二年十月甲午，治兵，上親執金鼓，以詔進退。大閱，講武。 徐案：《魏志》：「治兵即在二十一年之十月，非二十二年也。」注誤。	X	X
66. 左思·魏都賦「優賢著奕揚歷。」句	李〈注〉：《尚書·盤庚》曰：「優賢揚歷。」 徐案：此是今文《大誓》。見《三國志》〈注〉。	X	X
67. 左思·魏都賦「職競弗羅。」句	李〈注〉：〈逸詩〉云：「兆云詢多，職競弗羅。」 徐案：《左·襄公八年》：「子駟曰：『兆云詢多，職競作羅。』」《周詩》有之曰：「……兆云詢多，職競作羅。」意自為「作羅。」《詩》意實為「弗羅」，不可因賦改詩。	X	X

〔註6〕《選學膠言》原文作「孫侍御曰志祖」，誤也。應改為「孫侍御志祖曰」為正。參《選學膠言》，第七冊，頁493。

條目			
68. 左思·魏都賦 「句吳與電黽同穴。」句	李〈注〉:引《說文》及《周禮》〈注〉。 徐案:《國語》:「昔我先君固周室之不成子也,故濱于東海之陂、黿鼉魚鱉之與處,而鼃黽之與同渚。」是賦句所所本。	X	X
69. 左思·魏都賦 「懷嶠相顧。」句	李〈注〉:《左傳》曰:「駒氏之懷。」 徐案:今《左氏》作「豂」。引《左》作「懷」。	X	X
70. 左思·魏都賦 「量寸句。」句	X	何校:「寸」「句」未詳。 徐案:注:「司馬法」云云。亦既詳哉!言之不解,何氏猶曰未詳也。	X
71. 左思·魏都賦 「即帝位。」句	X	何校:「帝位」當作「帝立」,古人即位皆用即立。《春秋》:「元年公即立。」《商頌》:「帝立子生商。」 徐案:古立、位同字,即立猶即位,「立」字不也,若所引《商頌》「立」解,得作作「位」解。	〈立、位同字〉 雲墩按《困學紀聞》:「《金石錄鼎銘》」按古器物有云:『王格大室即立。』銘凡言即立、或言中立庭...皆當讀為位。蓋古字通用,何氏之說即本深寧。 【第七冊·頁496】
72. 左思·魏都賦 「兼重壝以脫繆。」句	X	何校:注引《廣倉》「廣」疑「埤」否,則《廣倉》之誤。 徐案:《隋·經籍志》深有《廣倉》一卷,樊恭撰。	〈廣倉〉 何氏義門云「廣」疑「埤」否,或《廣倉》之誤。藥樹潘云《隋·經籍志》注云深有《廣倉》,是實有其書,何氏疑其誤,豈未深考耶?雲墩按云《隋·經籍志》明云《廣倉》已已。

73. 揚雄・甘泉賦 「題目。」句	李〈注〉：桓譚《新論》。與〈文賦〉〈注〉不同。 「思乙乙其若抽。」 徐案：雄奏〈甘泉賦〉在成帝永始四年，卒以偽新天鳳元年，年七十一，《漢書》可證。至云〈甘泉賦〉：『成夢腸出，明日遂卒。』《新論》謬言。前賢已辨之，不贅。	X	則隋時已無其書，不知李氏從何據而引之，此何氏所以疑見引出，余蕭答云字氏或從諸書散見引出，或私有其本，亦端度之辭耳。 【第七冊，頁504~505】 〈卒字有誤〉 何校駁之謂甘泉作於成帝時，安得腸出遂卒之事。君山同時，人不應作此語，然則為安人附益者多矣。非《新論》本然也。胡中丞校云：卒字有誤，〈文賦〉注引《新論》作及覺字有誤，疑卒字當作病字。病端棒少氣，疑卒字當作病字。 【第七冊，頁513】
74. 揚雄・甘泉賦 「客有薦雄文似相如者。」句	李〈注〉：雄〈答劉歆書〉曰：「雄作〈成都四隅銘〉。」 徐案：〈答書〉有云：「雄始草文先作〈縣邸銘〉、〈王佴頌〉、〈成都四隅銘〉。」元引太略。	X	〈答薦揚雄〉 雲墩按此說甚明，賦序微有不合，然雄與歆序人多疑其偽作，又《漢書・雄傳贊》云：「大司馬車騎將軍王音奇其文，雅招為門下史，薦雄待詔。」考成帝紀永始二年春正月，王音薨，三年冬十月，汾陰，后土諸祠，則雄雄為王泰時，后土諸祠，而未及薦，其待詔薦雄之者門下史，而未及薦，故序伯言，答而召雄待詔。蓋別一人，亦在〈郊祀〉、〈甘泉〉之後也，班史似微誤。 【第七冊，頁517~518】

75. 揚雄・甘泉賦 「亂曰。」句	X	何校：賦中節奏與今曲調畧同，一起引子也，中間過曲也，亂詞尾聲也。 徐案：漢、六朝賦未用此體者，蓋祖法《離騷》，安得以鄙俚之曲調，比而同之？	X
76. 潘岳・藉田賦 「總總褡服于縹靚兮，紛翕黛以馺纚。駕黝駟之䭹靡兮，俟閶闔之坱圠。」句	李〈注〉：「總總，眾也。帝耕之牛也。」「驂牛驪然在於墨左，以待天子躬親履之。」古耕以未而今以牛者，蓋晉時刱制，不治於古也。 徐案：《晉書》：「秦始四年、御木輅以耕。」「木輅」即《周禮》：「田路。」《禮記・月令》：「天子親載未耜，措之參保介之御間，親耕而御。」此牛未嘗施之耕精也；下文「三推而舍。」明是遵照古禮，何忽云：「耕精之牛，刱始於晉乎？」又案古人詞賦之作原未盡盡協典故，即如賦中「玉輦、金根」皆鋪張之詞，非「御木輅之木」旨正不可以文害實也。	X	〈牛耕非古〉 雲璈按古時耕牛之說，於經無所證。……賈公彥疏《考工記》「二耜為耦，云用牛耕種，故有兩胳耕語。」……是牛耕起自秦而非晉之刱制，至於耕藉用牛更無明文，賦中「驂牛」二語，亦特指載未耜之車，用牛未必即用耕田之牛。惟隋唐以後耕藉用牛明載史冊，亦不得謂自晉始。 【第七冊，頁529】
77. 潘岳・藉田賦 「三推而舍，庶人終畝。貴賤以班，或五或九。」句	李〈注〉：然《國語》與《禮記》不同，而潘雜用之。 徐案：三推即王耕一墢也，五推、九推即班三之也，言推數《國語》言人數。	X	〈三推〉 雲璈按陳氏《禮書》云：「王必三推，即所謂一墢也，三公五推、卿諸侯九推即三之也。」《月令》所言者推數也；《國語》所言者人數也。然則《國語》所言人數也。

篇目	校語·徐案		雲案
78. 潘岳·藉田賦「宜其民和年登，而神降之福也。」句	何校：「福」字本叶，後人謬改「吉」字。 徐案：此與〈西征賦〉：「庶子來求，神降之福。」〈夏侯常侍誄〉：「我聞積善，神降如福。」皆讀「福」同一「福」字，而《晉書》俱改作「吉」字，不解何故？	x	語》、《禮記》未嘗不同，又何嫌雜用哉？ 【第七冊，頁535】 〈吉字疑誤〉 雲墩按「福」本古「逼」字。《漢書·賈誼傳》云疏者或制大權以福天子。顏師古注「福」古「逼」字，故《毛詩》中凡福字為韻者，皆讀如偪。此〈西征〉中云福字不嘗作吉是也。然此注但引《左氏傳》云云，並無福當作吉之說。則賦中吉字或是傳寫之譌，〈西征〉及〈夏侯常侍誄〉皆改為吉，李注引《左氏傳》俱仍作福字，蓋不取吉字也。 【第七冊，頁536】
79. 司馬相如·子虛賦「題目。」句	李〈注〉：「郭璞〈注〉」。 徐案：篇中臚列注家凡十餘人，不得專題郭璞。	x	〈子虛賦一首〉 雲墩按《史記》、《漢書》皆言帝先見〈子虛〉、後奏〈上林〉，故分為二。《文選》目錄兩賦並不同卷，而各題曰「賦一首也。」顧氏《日知錄》云〈子虛〉之賦乃遊梁時作，當是後梁王田獵之事而為言耳。則非當日之本文矣，若但如今所載〈子虛〉之言，不得一篇結構。閭徵君《潛丘劄記》云：〈子虛賦〉久不傳，《文選》所載乃天子遊獵賦，昭明誤分之而標名耳。……至

			《潭南集·文辨》疑相如賦〈子虛〉自有首尾，而其賦〈上林〉也，復合之恐未然。〈西都賦〉引郭璞〈上林賦注〉:「珉石，玉也。」張揖〈上林賦注〉:「珉石，次玉也。」又張揖〈上林賦注〉:「翡翠，大小如鷰。」云云，皆〈子虛〉而曰〈上林〉。意唐時，別本此二賦尚作一篇，而統曰「上林」也。【第七冊，頁538】
80. 司馬相如·子虛賦「名曰雲夢。」句	李〈注〉:闕。 徐案:《左氏傳》曰:「楚子入於雲中。」又曰「王以田於江南之夢。」《周禮》「職方」〈注〉:「雲在江北，夢在江南。」	X	《雲夢非二澤》 雲璈按方氏既以存中之說為然，又以子虛之雲夢為一澤，雲夢自是一辭。要之，雲夢自是一澤，方氏《通雅》之說為得。德清胡氏《禹貢錐指》云:「雲夢，經傳諸書，有合稱、有單稱。」《周禮》:荊州藪澤曰「雲瞢」;《雲瞢雅》:十藪，楚有雲夢;《淮南子·呂覽》(註7)同《戰國策》，楚王遊於雲夢、宋玉〈高堂賦〉、司馬相如〈子虛賦〉......此合稱雲夢者也。《左傳·定四年》:「楚子涉睢濟江入于雲中。」此單稱雲者也，雲可該夢，夢亦可該雲，故杜元凱注「夢中」夢澤名。夏安陸縣東南有雲夢城，則夢在江北，注雲中云入雲夢則

〔註7〕《選學膠言》原文作「呂覽淮南子」，誤也。應改為「淮南子·呂覽」為正。參《選學膠言》，第七冊，頁541。

中，所謂江南之夢，則雲在江南，注江南之夢，云雲之夢，跨江南北則南雲史文兼上下也，司馬貞《史記索隱》亦云：雲夢本一澤，人以其近江南而稱雲夢，……則雲夢是一是二，不煩言而自解。【第七冊，頁541】		
〈鄧曼〉 雲璈按楚武王夫人乃智賢婦，豈可與不祥人並列？曼為鄧姓，凡女皆得待謂鄧曼，何必定武王夫人？泛《論注》指鄭女，鄭女亦不必指定夏姬也。【第七冊，頁553～554】	X	81. 司馬相如・子虛賦「鄭女曼姬。」句 李〈注〉：鄭女，夏姬。曼姬，楚武王夫人──鄧曼。 徐案：曼，鄧姓。賦蓋云鄭國之女，亦諸齊曼姓之姬耳。所謂鄧曼云云，葛女為葛嬴之類，鄭國亦有鄧曼，見《左・桓十一年傳》。若楚武王夫人乃賢智，寧得與不祥人並列。
〈今月令〉 雲璈按今《禮記》：「季夏之月。命漁師。」〈鄭注〉「漁師」為「榜人。」所謂今〈月令〉即《呂氏春秋》。【第七冊，頁556】	X	82. 司馬相如・子虛賦「榜人歌。」句 李〈注〉：〈月令〉曰：「命榜人。」者， 徐案：呂氏〈紀〉不采入《禮記》，為今〈月令〉。
X	X	83. 司馬相如・子虛賦「勺藥之和具，而後御之。」句 李〈注〉：「服虔曰」。（善曰：「服氏之說」） 徐案：「服虔」宜作「服氏」，「伏儼」作「伏嚴」。〈魯靈光殿賦〉：「蘭芝阿於東西」李氏引其說作「伏

條目	《選注規李》	《選學糾何》	《選學膠言》
84. 司馬相如・子虛賦 「纖阿為御。」句	X 嚴」。蓋「服虔」亦可作「伏虔」。或因此而誤也。	何校:《史記索隱》:「伏虔云:『纖阿』,山名,有女子處其巖,月歷其嚴,躍入月中,因為月御也。」 徐案:纖阿為月御,亦見《淮南子》。此等故實,不必刻意求解,善讀書者自自頌之。	〈纖阿〉 何氏云:《史記索隱》作纖阿,《索隱》:「伏虔云:『纖阿』,山名,有女子處其巖,月歷其嚴,躍入月中,因名月御也。」雲璈按此說不經賦,既以陽子為對,不若從郭注:「古之善御者」為正。 【第七冊,頁553】
85. 司馬相如・上林賦 「東注太湖。」句	李〈注〉:「太湖」在吳縣,《尚書》所謂「震澤」。 徐案:此承「涇、渭、霸、產、豐、鎬、潦、潏」八川分流而言。或曰:「太」當作「大」,大湖猪巨澤也。亦始闕疑。	X	〈太湖〉 雲璈按注引潘岳《關中記》:「涇、渭、霸、產、豐、鎬、潦、潏」終始霸「出入涇、渭」,又按賦云:「終始霸、產,出入涇、渭」……是八川皆不越苑中之地,所注僅入大河與東吳之太湖,直是風馬牛不相及。又安能越江淮而東注震澤耶?恐賦中太湖當別一,太湖非如今震澤耳。郭璞注直云:「太湖在吳縣、《尚書》所謂震澤」殊非解闕之義。《史記正義》亦存郭之說也。沈存中《筆談辯證二》已言之。孫侍郎召南《筆談辯證》中言太湖在蘇州西南,是亦循郭之說也。齊待郎召南言之,此太湖指關中巨澤言之,漢書攷證,凡巨澤俱可稱太湖,不必震澤。 【第七冊,頁563】

篇目	李善〈注〉、徐案	何校、徐案	備註
86. 司馬相如·上林賦「撰以綠蕙。」句	李〈注〉:「綠，王芻也。」徐案:師古曰:「言蕙草色綠耳，非王芻也。」《爾雅》:「菉，王芻。」	X	X
87. 司馬相如·上林賦「乘虛亡，與神俱。」句	李〈注〉:張揖曰:「郭璞《老子經注》，當是郭象。」徐案:郭璞不聞注《老子》，當是郭象。	X	〈郭璞老子經注〉胡中丞云:陳校云:張氏曹魏時人，不當引郭語，且《老子》又無郭注。【第七冊，頁582】
88. 揚雄·羽獵賦「題目。」句	X	何校:敘蓋斑氏贅載子云而載之。又曰:班《書》〈雄傳〉通篇皆其自敘，則此又其賦之本敘也，非由班氏贅載。徐案:敘者，自敘所由作之意，然亦有為後人所佳者，長卿之〈長門〉、賈誼之〈服鳥〉、子雲〈甘泉〉，亦非自作。	X
89. 揚雄·羽獵賦「當既與地平年嘗。」句	李〈注〉:注闕嘗字之義。(徐氏說法)徐案:《漢·地理志》:「高嘗富人。」〈司馬相如傳〉:「以嘗為郎。」「嘗」即「賞」，古作「嘗」也。	X	X
90. 揚雄·羽獵賦「枝鵲邪而羅者以萬計。」句	李〈注〉:《說文》曰:「鏃邪，大載也。」徐案:莫邪、劍名、惟師古有曰:「大載也。」今見《玉海》。	X	X
91. 揚雄·羽獵賦「及至獲獲夷之徒。」句	X	何校:劉原父云:「獲，烏獲；夷，夷羿。」但此下更有羿氏控弦之文，或別用羿時射九日者耶?	X

項目	《選注規李》	《選學糾何》	《選學膠言》部分引文
92. 揚雄・羽獵賦「創道德之囿，弘仁惠之虞。」句	徐案：堯時之羿恐不稱「夷羿」，夷固有有窮之民。見《左傳》〈注〉。	何校：「囷」對「囿」字，乃虞人之義，顏、李〈注〉皆云通「候」非也。徐案：此乃詞臣好講屬對法也，恐尚未的。	X
93. 揚雄・長楊賦「遐氓〔註8〕為之不安。」句	李〈注〉：韋昭曰：「氓，音萌，民也。」徐案：古氓、眠、萌三字通用，如「遺萌」、「萌隸」，以下觳致肬，則天下之氓皆作「民」字解也。字書無「眠」句。	X	X
94. 揚雄・長楊賦「鑿齒之徒相與摩牙而爭之。」句	X	何校：「鑿齒」謂「陳項」也。注云：「六國者」非。徐案：四句當分，看上二句，指六國；看下二句，指陳項，較清晰。	X
95. 潘岳・射雉賦「昔賈氏之如皋。」句	李〈注〉：引《左傳》事。徐案：《左》止言：「賈大夫。」杜〈訓〉為「賈國大夫。」而《水經注・汾水》下〈注〉引此為「賈辛」，而〈訓〉「如」往也。而〈古樂府・雉子斑〉、江總等詩以「如皋」為地名。存考。	X	〈如皋射雉〉 雲璈按《水經注・汾水》下云：「賈辛貌醜，妻不為言與之，如皋射雉雙中之，則笑也。」考《左氏傳》「射雉」事也。不聞雙中之說⋯⋯又《野客叢書》云：「前輩謂東坡〈詩〉：『不向如皋閒射雉，歸來何以得卿卿。』

〔註 8〕徐氏言刊本誤作「眠」。

卿。《左傳》如訓「往」也，非地名。東坡誤用之耳。僕觀「古樂府」張正見、毛處約、江總等雄子斑詩皆以「如皋」為地名用，知此誤不始於坡。僕得此詩後檢諸家詩注，見趙次公亦引其間一詩（註9）明帝暗射雉無所得，又觀《宋書》曰：「吾日來如皋，空行，可笑。」陳蕭有射雉詩：「今日如皋路，能將巧笑回。」皆作地名解。 【第七冊，頁607】		
〈行葦〉為公劉之詩？ 雲璈按惠氏九經古義云漢儒皆以〈行葦〉為公劉之詩，班叔皮北征賦云云，又寇榮曰：「公劉敦行葦，世稱其仁。」王符有曰：「詩云：『敦彼行葦，牛羊勿踐履，方苞方體，惟葉泥泥。』公劉慈仁，恩及草木牛羊六畜，猶目感德。」趙岐曰：「公劉慈仁，行不履生草，運車以避茛葦，長君從杜撫德。」受學義當見《韓詩》也。 【第七冊，頁610】	X	何校：以〈行葦〉為公劉遺德，必出於齊，注家已不能詳矣。 徐案：《詩》中：「曾孫維主」〈傳〉曰：「曾孫，成王也。」中有歸美先王語，所為先王雖不定指為公劉。今孜榮有曰：「公劉敦行葦。世稱其仁。」王符有曰：「詩云：『敦彼行葦，牛羊勿踐履，維葉泥泥。』公劉厚德，恩及草木牛羊六畜，猶目感德。」為公劉詩也。 是漢儒多以〈行葦〉為公劉詩也。
		96. 班彪·北征賦 「慕公劉之遺德，及行葦之不傷。」句

〔註9〕《齊書》：「從宋明帝射雉，至日中，無所得。帝甚猜羞，召問侍臣曰：『吾日來如皋，遂空行，可笑。』座者莫答。」雖載宋明帝事，但文獻出自《齊書》，非《宋書》。參〔南朝梁〕蕭子顯：《南齊書》，收於《二十四史》（北京：中華書局，1997年11月），頁151。

篇目引文	李善注・徐攷異	何焯校	《選學膠言》按語
97. 曾大家・東征賦 「敬慎無怠，思嗛約兮。」句	李〈注〉：嗛與謙同。〈封禪文〉：「上猶嗛讓而未爲也。」徐案：《易・謙卦》鄭本作「嗛」，今本「大廉不嗛」〈封禪文〉：「謙」字旁從「口」，不從「口」。	X	〈嗛與謙同〉 按《漢書》本作謙。〈藝文志〉：「易之嗛嗛。」師古曰：「溫良謙退。」又〈尹翁歸傳〉：「溫良嗛退。」《莊子・齊物論》：「大廉不嗛。」〈注〉：「至足者，物之去末非我也，故無所容其嗛盈。」是嗛、謙，謙古字通。 【第七冊，頁614】
98. 潘岳・西征賦 「歲次玄枵。」句	X	何校：注：「元枵，歲星。」論太歲而云今云「歲次」者，誤自安仁，此文始。 徐案：歲星、太歲，元各不同，然如王莽〈銅權銘〉曰：「歲在大梁，龍集戊辰。是以歲爲歲星；龍爲太歲也。魏文昌〈殿鍾廣銘〉：「歲在丙申，龍集歲星。」是以歲爲歲星；龍爲太歲也。太歲、龍爲蒼龍、龍集歲星也。大歲言次、太歲言任。大歲言任，亦言次，即集也。歲，龍爲歲星也。歲言集；星言集，古人蓋已通用。	〈歲次〉 雲璈按歲星、太歲，自各不同，歲星言次、太歲言在。《癸辛雜識》引王莽〈銅權銘〉曰：「歲在大梁，龍集戊辰。」是以歲爲歲星也。魏文昌〈殿鍾廣銘〉：「歲在丙申，龍集大歲，而歲在丙申、龍爲蒼龍，而青龍又爲天之貴神，即太歲異名。集得兩通。義即次、言次，亦言任，此太歲言任，亦言次，集即次，古人已通用，歲星言次，亦言在，不始自安仁。 【第七冊，頁616】
99. 潘岳・西征賦 「重義輕以定裹。」句	李〈注〉：「重」，晉文侯重耳。徐案：重耳稱「重」，已見《左・定四年傳》。孟堅〈幽通賦〉：「重醉行而自耦」，亦單稱重	X	〈重耳稱重本左氏〉 雲璈按重耳單稱重蓋本之《左氏・定四年》：「祝佗述踐土之盟只云「晉重」。」晉重，〈幽通賦〉：「重醉行而自耦」。

句	李〈注〉、徐案		雲璈按
100. 潘岳·西征賦「況於卿士乎。」句	李〈注〉：無釋。徐案：上文「率土日弗遺，而況於鄰里乎？」正引下文寫舊豐一段情景，「卿士」句無著，袁刻六臣注云：「善本無此句。」極是。「宜函刪之。」	X	自稱」，亦此義。【第七冊，頁617】〈況於卿士乎五字〉胡中丞云李善本無「況于卿士乎五字，无延之取五臣本以亂善，非是。雲璈按詳上下文義，亦不應有此。【第七冊，頁626】
101. 潘岳·西征賦「疎飲餞於東都。」句	李〈注〉：「疏廣、受」事。徐案：今本《漢書》作「疏」，第疎之為由來已。《舊盃書「束皙傳》云：「疎廣之後，避難作『束』」，知典午時已改作「疎」。	X	X
102. 潘岳·西征賦「勵疲鈍以臨朝。」句	李〈注〉：注闕朝字之義。（徐氏說法）徐案：《漢書》：「郡守」為「朝郡」。所謂之「府朝」。今讀此賦知「縣令」亦可稱「朝」也。	X	〈朝〉雲璈按古大夫之家皆私朝，此猶古稱，自唐以後，法禁漸密，不敢為此，而古意一澆遠矣。【第七冊，頁626】
103. 潘岳·西征賦「子長政駿之史。」句	李〈注〉：《史記》曰：「司馬遷、字子長。」徐案：《史記·敘傳》、《漢書·本傳》皆不書其字，故劉知幾《史通》〈雜說篇〉譏其是非。不知李氏何據？賢然謂出《史記》也。	X	〈子長〉按《史記·敘傳》、《漢書·本傳》皆不書其字，故《史通》〈雜說篇〉譏敘《揚子雲傳》其字為大忘……子長言見》〈寡見〉、〈君子〉二篇，荀悅之前，更在張衡，王充，荀悅之前，即《論衡》之稱子長，亦不止兩見。

篇目與引文	《選注規李》	《選學糾何》	《選學膠言》
			子長之爲選字,見于諸書者既多,無可疑……。【第七冊,頁628】
104. 潘岳・西征賦「若循環之無賜。」句	李〈注〉:《方言》曰:「賜,盡也。」徐案:《古咄喑歌》:「裹下何纂纂,榮欲初落時,裹飲各有時,人從四邊來。裹適今日賜,誰當仰視之?」則此義。「賜」或作「錫」,《說文》無「賜」盡義。「賜」字。	X	〈賜盡也〉盧學士云:《古咄喑歌》:「裹下何纂纂,榮欲初落時,裹飲各有時,人從四邊來。裹適今日賜,誰當善注《西征賦》……北海馬氏《古詩紀》本於「賜」下注一「疑」字。按李善注《西征賦》引《方言》云:「錫、賜、撰、謝,皆盡也。」……【第七冊,頁629】
105. 潘岳・西征賦「始肆叔於朝市。」句	X	何校:「肆叔於朝市」從五臣作「纂叔」爲得。徐案:末本作「始肆豰於朝市」,於李〈注〉合。奚取李延濟輩紛紛論說爲耶?	〈叔疑殺字之譌〉雲璈按後世袁紹之殺田豐,原未嘗無其事,然上文明云「三帥似不當復言。」纂叔疑此,叔字或是殺字之譌言。【第七冊,頁619】
106. 潘岳・西征賦「長傲賓於柏谷。」句	X	何校:《水經注》作「傲客」。徐案:《水經注》:賓、客一也,改之無謂。若今《水經注》精譌甚多,不得信故而疑此。	〈柏谷事異說〉雲璈按《水經注》,說者咸云:漢武微行柏谷,過寶竇門,又感其妻深識之饋,既返玉階,賜以河津,今其竇渡,今竇津是也。據此,但有賜津之事,並無賜嫗千金及官爵,以二說較之《水經注》爲近理。【第七冊,頁621~622】

項目			
107. 潘岳·西征賦「感徵名於桃園。」句	X	何校:「園」疑作「原」。徐案:注已明作「桃原」矣。《水經注》引此亦作「原」。	〈桃園〉按《水經注·河水四》引此作桃原，感作感然。《漢書·地理志》云:「全鳩里其西名桃園。」即古之桃林，不作原。【第七冊，頁623】
108. 孫綽·天台山賦「雲錦已去。」句	李〈注〉:引《莊子》及郭璞《解》，亦定是郭象。徐案:《漢傳》不言注《莊》。	X	〈郭璞老子經注〉胡中丞云:陳校云:「張氏，曹魏時人，不當引郭語。且《老子》又無郭注。」【第七冊，頁582】
109. 鮑照·蕪城賦「題目。」句	李〈注〉:引《宋書》作「鮑昭」。徐案:《宋書》〈南史〉俱作「昭」。唐譜天后名為「照」，而李〈注〉上於高宗顯慶，何甫預改？	X	〈鮑昭〉宋子《京筆記》:「今人多誤鮑照作昭，金陵有人得地中石刻，作鮑照。《潘子真詩話》云:『武后諱曌，唐人因以昭名之。』」【第七冊，頁643】
110. 鮑照·蕪城賦「表廣三墳。」句	李〈注〉:『達彼汝墳』『鋪敦淮墳』《爾雅》:「墳莫大於河濆。」徐案:尚未確今有接《禹貢》釋之者。子數之曰:『黑墳』『白墳』『墳壚』『赤埴墳』，四墳，而非『三墳』。若李周翰以為『三墳之書』，牽繆更不足較。	X	〈三墳〉雲墩按如或所云，三墳亦與蕪城之「表廣」二字不切。孫侍御曰:「田藝衡云:『兗州土黑墳、青州土白墳、徐州土赤埴墳，此三州土與揚州接。』」【第七冊，頁645】

條目			
111. 王延壽·魯靈光殿賦「親藝於魯。」句	X	何校：《博物志》云：「王子山與父叔師到泰山，從鮑子貞學算，適魯，賦靈光殿。」則觀覽者小言之，乃學算也。 徐案：元注：「藝、六經也。魯有周公、孔子在焉。」以經訓藝之藝、適合。太史公考信六藝之藝、解亦闊大。	〈靈光殿〉 《水經注》二十五泗水下云：「孔廟東南五百步，有雙石闕，即靈光之南闕，北五十步即靈光殿基，東西二十四丈、南北十二丈高、文餘，東西廊廡、別舍、中間方七百餘步，闕之東北有浴池、方四十許步，池中有釣臺、方十步、臺之基岸、悉石也，遺基尚整、仰不見者也。」王延壽賦曰：「周行數里……」 【第七冊，頁652】
112. 王延壽·魯靈光殿賦「蘭芝阿那於東西。」句	X	何校：改注中「伏儼」為「伏虔」。 徐案：伏儼、字景宏、琅邪人，見《漢書敘例》。何氏但知虔之注〈子虛〉，而不知儼亦有注也。	X
113. 何晏·景福殿賦「昔在蕭公、暨于孫卿。」句	李〈注〉：「《孫卿子》曰云云。」 徐案：《漢志》載「《孫卿子》三十二篇」。「孫卿」即「荀卿」，音之轉耳。司馬貞、顏師古皆謂避宣帝諱、考宣帝名「詢」，漢時不諱嫌名，後漢李詢、荀爽、漢時不諱嫌名、荀悅等皆書本字也。	X	X
114. 何晏·景福殿賦「椒房之列。」句	李〈注〉：「《漢舊儀》曰：『皇后稱椒房。』《詩》曰：『椒聊之實、蔓延盈升。』」 徐案：此引《韓詩》。	X	X

條目			
115. 何晏·景福殿賦 「講肆之場。」句	李《注》：引侯權〈景福殿賦〉。 徐案：「此乃夏侯稚權也。《隋·經籍志》：『夏侯惠集，二卷。』《文章敘錄》曰：『惠字，稚權。』」	X	X
116. 何晏·景福殿賦 「爰有遐狄，鏤質輪菌。坐高門之側堂，彰聖主之威神。」句	X	何校：《魏略》曰：「大發銅鑄作銅人二，號曰『翁仲』。」 徐案：「『翁仲』與『金狄』本自不同，『翁仲』鑄於魏明帝，『金狄』鑄於始皇，其實皆銅人也，賦既借言『遐狄』又遂以『金狄』釋之。」	〈銅人〉 雲璈按皇始之銅人，名金狄；漢武之金人，名翁仲。魏明之金人，名翁仲。三者不同，後人混淆者多矣。《漢晉春秋》既悵以銅仙為金狄；宋錢顗以翁仲為金狄，顏師古又悵以翁仲為金狄。程大昌據華嶠《後漢書》復悵以徙銅人為漢明帝；吳正子、李長吉詩箋引《長安記》又以徙銅為魏文帝，童卓毀其九為錢，其二為符堅所毀，其一百姓推置河中。是童卓未毀者三，與《黃圖》尚餘二人之說亦不合。 【第七冊，頁656~660】
117. 何晏·景福殿賦 「於是碣以高閣崇觀，表以建城峻廬。」句	X	何校：薛綜〈東京賦〉注：「高昌、建城，二觀名也。」〈東京賦〉無此語，不知注何所據。 徐案：宋本注曰下有「碣」，猶宋也。「碣」四字乃〈東京〉之注。高昌、建城以下，竝李氏之詞，揭、碣同，未本可貫如是。	〈薛綜東京賦注〉 胡中丞云〈東京賦〉無此語，不知注何據，謂賦文既無「高昌建城」，則薛綜注自不得有矣。其說最是。凡尤延之校尊主增多，往往并他本衍文而取之。 【第七冊，頁663】

條目	規李（李注／徐案）	糾何（何校／徐案）	《選學膠言》引文
118. 木華·海賦「作者注。」句	X	何校：改注「《華集》曰」為「廣川人」。 徐案：各本皆作「《華集》曰」，乃《華集》所載，為楊駿府主簿也。張銑以「廣川人」三字易之，殊不知下注已有「廣川」，「廣川人」句，自忘其疣贅乎？何氏從之，非是。	X
119. 木華·海賦「颺凱風而南逝，廣莫至而北征。」句	李〈注〉：《呂氏春秋》曰：「南方曰凱風，北方曰廣莫風。」 徐案：「南方謂之凱風」引《爾雅》為是。「廣莫風」當引《淮南子》、《呂紀》：「西北」，鳳；北，寒風。並不及「廣莫」。	X	〈凱風〉 《呂氏春秋》曰：「南方曰凱風。」雲璈按《呂氏春秋·有始覽》云：「南方曰巨風，一作凱風。」李氏於王子淵〈洞簫賦〉、潘安仁〈河陽縣作詩〉皆引作「凱」。 【第七冊，頁665】
120. 木華·海賦「品物類生，何有何無。」句	李〈注〉：李充〈翰林論〉。 徐案：當是李充。應休璉〈百一詩〉注引李云：楊子雲〈劇秦美新〉注皆引是書。「充」當作「充」。《晉書》：「李宏度。」《隋·經籍志》三卷。	X	〈李充翰林論〉 胡中丞云：陳云：「李充當作李充。見《晉書·文苑傳》，其東漢之李充時代复殊，所校是李充遠在木前，亦不著〈翰林論〉。各本皆譌。 【第七冊，頁666】
121. 郭璞·江賦「土肉石華。」句	X	何校：「石華」似即「鰒魚」。 徐案：以謝靈運揚帆采石華，推之，知非「鰒魚」。固不可云采也。	X
122. 郭璞·江賦「陽侯遙形乎大波。」句	李〈注〉：陽后，陽侯也。 徐案：此知作侯，非也。但循通篇已有「陽侯破礮以岸起」，「水兒雷砲...		X

篇名・引文	李〈注〉・徐案		按語
（承上）「平陽侯」，兩「陽侯」矣。此句陽后避字實不避意，作者固知其複，注者莫摘其疵，何與？			
123. 宋玉・風賦 「大王之雄風，愚人之雌風也。」句	李〈注〉：闕。 徐案：《春秋元命苞》：「師曠曰：『春雷始起，其音格格，其霹靂者，雄雷，其鳴苦不大霹靂者，雌雷。』」雷言雄雄，似為賦風風所本。	X	〈雄風鴙風〉 風言雄雌似起於宋玉之微辭，後遂推廣之。《師曠占》：「春雷始格，其音格格。其霹靂者，所謂雄者，旱氣也。其鳴者，音不大霹靂者，雌雷，水氣也。是雷有雄雌也。」《毛詩疏》：「虹雙出，色鮮者為雄，雄曰虹，闇者為雌，雌曰蜺是也。」 【第七冊，頁695】
124. 潘岳・秋興賦 「晉十有四年。」句	李〈注〉：晉武帝太始十四年也。 徐案：「太始」二字宜衍？晉興武帝太始元年乙酉至咸甯戊戌，正十有四年，太始止十年，其明年即改元咸甯。	X	〈晉十四年〉 余蕭客《音義》云：「晉武紀太始十一年，改元咸甯，大始無十四年。」云：據按此注誠誤，然則安仁何以言十四年，蓋安仁自晉興數至此，正得十四年，其實乃咸甯四年耳。注未明晰，其固未嘗誤也。猶之曹元首〈六代論〉言大魏之興於今有四年矣。安仁似用其例。 【第七冊，頁696】
125. 潘岳・秋興賦 「皆耿介而不隨兮，獨慨慷而遠覽。悟時」	李〈注〉：闕。 徐案：《廣韻》，慨讀之「管」在二十八梗；慷讀之「管屬之『管』，在四十靜。」	X	〈皆字非重讀〉 雲璈按《廣韻》：「二十八梗，管字，管字、管字。」解曰：管屬四十靜，所景切。

徐攣鳳《文選》學研究

篇目・引文	李〈注〉	何校・徐案	備註
歲之遒盡兮、慨倦者而自省」而自省。」句			息并切；解曰：察也、審也。」是省字實有二音二義，賦中文義甚明，並非重韻令。【第七冊，頁698】
126. 潘岳・秋興賦「且斂衽以歸來兮，忽投紱以高厲。」句	X	何校：〈歸來〉亦有秋興，故實不獨淵明也。徐案：何氏於安仁〈閒居賦〉議其「大本既傷」，而此賦忽擬以淵明要之，虎賁萬首本無栗里檻輿，要語失之。	X
127. 謝惠連・雪賦「折園中之萱草，摘楷上之芳薇，踐霜雪之交積，（註10）憐枝葉之相違。」句	李〈注〉：注闕。徐案：嘗薇非雪時所有，故欲折而憐其枝葉。「相違」，李氏未經詮釋，遂滋五臣之誤。	何校：五臣〈注〉云：「善本無此二句。」徐案：此是五臣譌說，不足援引，試思刪此二句，下文「校葉相違」更安所著落。	X
128. 謝莊・月賦「於是綴桐綠響」句	李〈注〉：侯英〈箏賦〉。徐案：《鄭中集詩》、〈七命〉、〈絕交論〉竝作「侯瑾」。《後漢書・文苑傳》：「侯瑾，字子瑜。」《隋・經籍志》、《唐・藝文志》竝載：「《侯瑾集》二卷。」	X	X
129. 賈誼・鵩鳥賦「題目。」句	X	何校：此特借服鳥造端，非從而賦之也。昭明編入鳥獸何哉？宜與	〈鵩非鶥〉按《史記》：「楚人命鶥曰服。」諸書

（註10）參《選學糾何》，葉10左。

項目			
	皆言鴞鵩是一物，然《周禮》：「若族氏。」疏曰：鴞之與鵩二鳥，俱夜為惡聲者，則催咨二鳥，此賦言似鴞益信。 【第八冊，頁5】	〈幽通〉〈思元〉同編。 徐案：賦者，六義之一，賦亦可托以比興，是篇與〈鸚鵡〉〈鷦鷯〉皆是也，若編入〈幽通〉〈思元〉，轉嫌不類否？	
130. 禰衡·鸚鵡賦 「何今日之兩絕。」句	〈兩當作雨〉 胡中丞云「兩」當作「雨」，放〈贈蔡子篤〉注云：「〈鸚鵡賦〉曰『何今日以雨絕』」一別如雨，然當時同有此言，甚明。此〈贈蔡詩〉及陳徽徹皆無注在者，以具良注在〈贈蔡詩〉也，袞，本載五臣良是云「何今日作雨」，是五臣作兩相隔絕，各在一方。「兩」，以之亂善耳。 【第八冊，頁14～15】	X	李〈注〉：閡。 徐案：王案〈贈蔡子篤詩〉：「一別如雨」，江淹〈擬潘黃門述哀詩〉：「雨絕無還雲。」注皆引此賦為證。錢本謂「兩」為「雨」，宜亟正之。
131. 顏延年·褚百馬賦 「末臣庸蔽。」句	X	X	李〈注〉：崔瑗〈胡公碑〉。 徐案：碑文今載《蔡郎中集》。
132. 班固·幽通賦 「巨滔天而泯夏兮，考遂陵以行謠，終保己而貽則兮，里上仁之所廬。」句	X	何校：里仁謂避地河西。 徐案：班彪遭新莽之亂往謁隗囂，知囂必敗，遂為避地河西，河西乃大將軍竇融所駐，光武中興勸融歸漢，叔皮依依融而得以今，終孟堅依靈而不免獄死，所謂「保己而貽則」者，未免有塊乎斯言。		

篇目・引文	何校・徐案		《膠言》
133. 班固・幽通賦 「遠邇通而不迷。」句	何校：此孔子所謂「四十而不惑」也。 徐案：此語疑之非倫。	X	
134. 張衡・思玄賦 「繻幽蘭之秋華兮。」句	何校：繻，《漢書音》「相綏反」。亦纂字也。 徐案：繻，《說文》：「□（繻从宀），戶圭反。」與繻字異。《玉篇》同纂。《漢書注》合「繻、□（繻山旁）」為一字，不可從。		⟨繻⟩ 雲璈按《玉篇》有繻，音子綏反、音子綏反，云組類也。或賦文本□（繻从糸），而傳寫誤為繻。 【第八冊，頁25】
135. 張衡・思玄賦 「回志朅來從玄謀。」句	何校：改「謀」為「謨」。 徐案：《後漢書》作「謀」者，章懷太子誤改之耳。今考謀字，古作謀，希切如《荀子》：「聖知不用思者謀也。前車已覆，後未知（更）。」賈傅《鵩鳥賦》：「天不可預慮兮，道不可預謀。運速有命兮，焉識其時。」皆是也。證之……以謀韻讀時，謀自叶，不必改。	X	
136. 張衡・思玄賦 「利飛遯以保名。」句	李〈注〉：故曰：「利飛遯」也。其所引〈遯卦・上九〉：「肥遯，無不利。」 徐案：此知李本作「飛」，「肥遯」「遯而能肥」，「肥遯最宜從掛上。故名肥遯。《四肥遯字皆宜從「飛」。〈七啟〉：「飛遯離俗」亦自作「飛」也。	X	⟨飛遯⟩ 雲璈按後漢書引《九師》：「遯而能飛。」《四溪叢語》云《周易》遯卦上九，「肥遯，無不利。」肥字古作□，即今之飛字，後世遂改為肥字，《傳》子夏〈傳〉在前不得援《九師道訓》之言，遂謂古本皆作飛。 【第八冊，頁27】

篇目・引文	李〈注〉・徐案	何校・徐案	雲璈按
137. 張衡・思玄賦 「豐隆軯其震霆兮,列缺曄其照夜。淒雨而其濛瀑塗。」句	李〈注〉:舊注:豐隆、雷公、雲師,雨師。善說豐隆曇曰雲師,此賦別言雷也。 徐案:舊注原是不誤《淮南子》:「季春三月,豐隆乃出,以將其雨。」許慎〈注〉:「雷師」是已。「雷師」豐隆乃以王叔師注《騷》大約如王叔師注《騷》之類。	X	〈豐隆或言雷或言雲〉 雲璈按《淮南子》:「季春三月,豐隆乃出,以將其雨。」許慎〈注〉:「雷師。」《楚辭》:「吾令豐隆乘雲兮,王逸〈注〉:以為雲師,其說固無定也。 【第八冊,頁31】
138. 張衡・思玄賦 「夕惕若厲以省愆兮。」句	李〈注〉:《易》:「君子夕惕若、厲、无咎。」 徐案:漢儒讀《易》,「厲」字連上,《淮南子・人間訓》:「夕惕若厲,以陰陽息也。」此其一證。	X	〈夕惕若厲〉 雲璈按王弼〈注〉云:「至夕猶若,猶若厲也。」《漢書・王莽傳》:《易》曰:『終日乾乾,夕惕若,厲。』公之謂矣。《蜀志》:「譬下上先主為漢中王、表曰:『寤寐永歎,夕惕若厲。』漢人皆以厲字屬上,無異讀音。(註11)故輔嗣因之,自必田楊以來句法如是,觀此賦亦然。…… 【第八冊,頁32～33】
139. 潘岳・閑居賦 「題目。」句	X	何校:此賦近乎子幼〈南山〉之詩。 徐案:此亦有別子幼之言慎,安仁之言偷。	X
140. 潘岳・閑居賦 「非至聖無軌。」句	李〈注〉:《周易》曰:「用無常道,事無軌度。」 徐案:二語本《周易畧例》〈明卦適變通爻篇〉。	X	X

—344—

（註11）《選學膠言》原文作「讀者」「讀者」,與理不通;「讀者」應改為「讀音」為正。參《選學膠言》,第八冊,頁32～33。

項目	李〈注〉、徐案		《選學膠言》引文
141. 潘岳・閒居賦 「稱萬壽以獻觴。」句	李〈注〉:《毛詩》曰:「萬壽無疆。」〈黃香天子頌〉曰:「獻萬年之玉觴。」 徐案:此乃頌揚君上之詞,賦意上承「太夫人御版輿」一大段,下接「咸一懼而一喜」句。當引《後漢》〈馮魴傳〉:「援以人子頌其父母,援「稱萬壽者」證之。	X	〈萬壽〉 「稱萬壽以歡觴、咸一懼而一喜。」 人臣而稱萬壽、古人無忌諱也。古人此類甚多、……上下通稱無嫌、唐以後不敢矣。 【第八冊,頁44】
142. 司馬相如・長門賦 「孝武皇帝。」句	李〈注〉:(注未辭證。) 徐案:相如卒於元狩五年,其後武帝「孝武」?歷祚三十一年,安得預稱「孝武」?蓋賦非相如所能作,而「序」定為後人所加,或有因序而疑賦,謂其嫁名相如者,非。	X	X
143. 司馬相如・長門賦 「陳皇后時得幸。」句	李〈注〉:幸,吉而免凶也。 徐案:此非復幸之幸,黃滔有〈陳皇后復寵賦〉托言。若據龍賦,固可。於史學殊疏。	X	〈陳皇后復幸〉 靈墩按明張伯起《談輅》云:以武帝之明察,能讀《子虛》而稱美則非不知文者;倘讀〈長門〉獨不能辨其非相如后筆耶?究不所從來、死有餘非,相如何利百金?取必酉而冒為之說,當是相如后寵耶?如知后失寵,擬作此賦,一時好事,增為此說耳,此論甚是。 【第八冊,頁44~55】
144. 司馬相如・長門賦 「得尚君之玉音。」句	李〈注〉:《毛詩》曰:「無金玉爾音。」〈爾雅〉曰:「爾者、貌也。」 徐案:《尚書大傳》:諸侯見天武之尸,莫不聲折玉音,『金聲玉色』玉音出此。	X	X

條目			
145. 向秀·思舊賦 「索琴而彈之。」句	李〈注〉：袁左嘗從吾學〈廣陵散〉。 徐案：此乃袁孝尼之謂，孝尼名準，即見〈稽康本傳〉。	X	X
146. 江淹·恨賦 題注：卒贈體泉侯。句	李〈注〉：卒贈體泉侯。 徐案：《梁書》、《南史》皆言：「封體泉侯」，亦不謂其既卒始贈也。	X	X
147. 江淹·恨賦 「為怨難勝。」句	X	何校：「怨」，一作「恨」。 徐案：上文「僕本恨人」已明點恨字，此處從怨字為合。	X
148. 江淹·恨賦 「此人但聞悲風汩起，血下霑衿。」句	X	何校：一本作颼起泣下。 徐案：此依本本《江集》也。《說文》「颼，大風。」於本句意合，作颼亦可。《毛詩》：「鼠思泣血，泣盡繼以血也。」江氏受奇，當仍血字為是。	X
149. 江淹·別賦 「桑中衛女、上宮陳娥。」句	李〈注〉：以陳娥為戴嫣。 徐案：陳娥恐指《陳風·株林》所刺者：「桑中」、「上宮」本是〈衛詩〉，戴嫣之耳。淑女、安得與淫奔者並舉乎？	X	〈陳娥〉 雲瑗按上宮當屬衛女，而綴以陳娥恐是牽率誤用。注乃以燕燕當之，竟與淫女並舉，殊謬！ 【第八冊，頁55】
150. 陸機·文賦 「題目。」句	X	何校：老杜云：「陸機二十作〈文賦〉」，於臧《書》稍疎。 徐案：榮緒《晉書》始言：「機年二十，吳滅，退居鄉里，積學十年，與弟雲俱入洛，後言機妙解情」	X

序號・引文	《選注規李》	《選學糾何》	《選學膠言》
		理,心識文體,故作〈文賦〉。」始,心識所敘者,遭遇之艱辛,後之所敘者,文藻之茂美,非遽謂此賦成於入洛以後也。少陵之詩,或亦可以無忤。	
151. 陸機・文賦「採千載之遺韻。」句	李〈注〉:闕。徐案:言韻始於此。成公綏〈嘯賦〉:「音均不恆。」〈注〉云:「均,古韻字。」成公亦晉人,彼時猶尚言「均」	X	〈韻字不始於文賦〉 靈樞按古無讀字。李氏〈嘯賦〉注「均」古韻字也。「鶡冠子」曰:「五聲不同均,然其可以一也」則韻字之義亦久。繁休伯〈與文帝牋〉:「曲美常均。」亦是韻字,皆在士衡之前。【第八冊,頁63】
152. 陸機・文賦「寤防露與桑間。」句	李〈注〉:防露,未詳。徐案:李於〈月賦〉「房露蓋古曲」,「房」與「防」古字通,何此注故作移辭,臺引靈運〈山居賦〉為言那?	何校:心識防露指「露」言,〈桑間〉不可並論,故戒妖冶也。徐案:防露即房露,辨詳上卷《規李》。又思此段,就文體之與曜者言,故舉防露之曲、桑間之音,雖是而不雅者〈召南〉、〈行露〉乃貞信自持之詩,恐與下文不接。	〈防露即房露〉 靈樞按防防露即古房露曲〈月賦〉「徘徊房露,惆悵陰阿」注云「防露何房露,房與防古字通」則何氏之說隱矣。李氏於〈月賦〉明言「房露」,古曲并弓〈賦〉云云,而此注又言未詳亦疏。【第八冊,頁68】
153. 陸機・文賦「練世情之常尤。」句	X	何校:注:「《纏子》董無心。」又《漢書・藝文志》有《董子》一卷。注云:難《墨子》之「董子」乃「董子」之誤。徐案:何說非也。漢自有《纏子》見《廣韻》。	〈纏子董無心〉 靈樞按陶詩「秋菊有佳色」注亦引《纏子》董無心語。是纏正當作纏,又按胡元瑞《筆叢》云:馬總意林引《纏子》修墨之業,以教士篇「有董無心」者,其行篤,其言修而謬。

154. 陸機·文賦「文斐斐以溢目。」句	李〈注〉：延篤〈仁孝論〉。徐案：此乃延篤〈與李文德書〉，非〈仁孝論〉。	X	則難通。行庸則無主，欲事纏子、纏子繞者、文言華世，不中利民，傾危緻繞之辭者，並不為墨子所修，勸善兼愛，則墨子重之。」皆纏子中語。晉董重渡時二人同時，纏乃墨者，盖重自尊，……考中晃氏所紀，盖南渡時尚存〈漢志〉列重無心於儒家，謂其難墨，而潁漁仲以為墨氏弟子，謬矣。【第八冊，頁 69】
155. 王襃·洞簫賦「題目。」句	X	何校：《博雅》：「簫大者無底、小者有底，不以無底為洞簫。」徐案：《前漢》〈元帝紀〉：「鼓琴瑟、吹洞簫。」如淳曰：「洞簫，簫之無底者。」此即李氏所引之書。盖簫有大小，《爾雅》：「大簫謂之言，小簫謂之筊是也。」〈月令章句〉：「簫長則濁、短則清雅」云云是也。「有有底、有無底，若稱洞簫如淳說、固不可易，賦有云：蒙聖主之涯恩。」意為洞簫兮，蒙聖主之涯恩，待未元帝好自度曲，初為此名可知。	〈洞簫〉雲墩按以曠實其底，正見其本無底矣。安得謂邑時無洞簫耶？馬氏說亦未確，然洞簫之義賦明云：「洞條暢而罕節。」以江南此等之幹為簫，故謂之洞簫，亦不必如《漢書音義》之說，以無底為名也。【第八冊，頁 72】

篇目‧句	《選注規李》	《選學糾何》	《選學膠言》
156. 馬融‧長笛賦「簡積頹砠。」句	X	何校:「頹」，末本作「落」。徐案：元注《說文》曰:「頹，頭頹也。」當是頹字，碩大也。	X
157. 馬融‧長笛賦「旋復回皇。」句〔註12〕	李〈注〉：李尤〈七疑〉。徐案：是〈七歎〉。見《後漢書》本傳。或以為〈七歎〉，亦誤。	X	X
158. 宋玉‧高唐賦「題目。」句	李〈注〉：此賦假設其事，諷諫淫惑也。徐案：此與〈神女賦〉皆託哀窈窕，思賢才之意，正宋玉微詞。	X	〈賦序〉雲璈按[何說是。王氏《學林》亦謂其非序，蓋惑於東坡之言也。他如〈舞賦〉及〈神女〉、〈登徒子好色賦〉本皆有序，惟〈甘泉〉、〈服鳥〉、〈鸚鵡〉、〈長門〉及〈解嘲〉、〈秋風辭〉諸篇實乃為序，而以為此昭明之誤。【第八冊‧頁96】
159. 宋玉‧神女賦「楚襄王與宋玉遊於雲夢之浦澤。」句〔註13〕	李〈注〉：闕。徐案：此與〈高唐賦〉俱從「楚襄王」發端。而前篇「夢」屬襄王、此篇「夢」屬宋玉。篇中，王寢、「王異之」、「王曰茂矣」、諸王字改「王」字。「玉曰唯唯」、「玉」、「玉曰其夢若何」、「王曰狀何如也」，諸「玉」字改「王」。《纂注》「不易之論」。當是王與宋玉遊於雲夢之浦。	X	〈楚襄王夢神女〉後人皆以高唐為楚襄王事。雲璈按賦首云楚襄王與宋玉遊於雲夢之臺、望高唐之觀，又云昔者先王嘗遊高唐，怠而晝寢，夢見一婦人云云。夢王後篇夢神女者，襄王也。注云懷王是此後篇夢神女者宋玉，與襄王無涉。詳見〈神女賦〉。【第八冊‧頁105～108】

〔註12〕有本作：旋復迴皇。
〔註13〕有本作：楚襄王與宋玉遊於雲夢之浦。

條目			
160. 宋玉・神女賦 「闇然而瞑。」句	李〈注〉：注闕，闇字未釋。（徐氏說法） 徐案：《莊子・德充符》：「據高梧而瞑。」《張平子〈南都賦〉》：「青冥肝瞑。」「瞑」，古「眠」字。	X	〈瞑即眠〉 雲漱按瞑與眠同，《莊子・德充符》：「據高梧而瞑。」注瞑音，字冥肝瞑音義同《正字通》云「古無眠名，瞑即眠，今通用，正謂從瞑，廢眠泥矣。 【第八冊，頁108】
161. 曹植・洛神賦 「黃初三年，余朝京師。」句	X	何校：《魏志》：不以延康元年十月廿九日禪代，植為本朝臣子，固不應出此，陳思實以四年朝洛陽而賦，云三年者不欲亟奪漢亡年。 徐案：「春秋」書法臨年改元，而此非其例，陶淵明〈詩〉永初後不編甲子，植為本朝子臣，又非靖節可比，以四年奪漢年之誤於曷氏耳。要不奪漢年之有，惟何氏此此篇闡發思忠愛本朝，誠慨極為細緻，所關感甄之說，雖向前人所已言，均為有補平世教。	〈三年字誤〉 雲漱按何說迂曲，植為本朝臣子，固不應出此，且漢之為魏既數年矣，非春秋書臨年改元之例，并非後世陶淵明詩但書甲子之意，無論三年、四年總與漢無涉，安見其不奪漢年耶？明定字之誤耳。 【第八冊，頁113～114】
162. 曹植・洛神賦 「攘袖濱之游女。」句	李〈注〉：《毛詩》：「漢有游女，不可求思。」言「漢上游女，無求思者。」 徐案：李所引當是《韓詩》。薛君〈章句〉曰：「游女，漢神也。」言漢神時，見不可得，而求之。」與《毛詩》解異。竊意此處以遠以「漢皋」「解配事」釋之亦得。	X	X

條目	校注	案語	備註
163. 曹植・上責躬應詔詩表「餘悲西館。」句	李〈注〉：闕。徐案：《魏志・本傳》。「黃初四年來朝，文帝責之，置西館，未許朝，時雖許其來，猶未邊見，蓋猜心未忘也。為六年帝東征，過雍邱，兄弟如初。〈應詔詩〉：「稅此西墉。」西墉即西館。」句	X	〈西館〉按本傳文帝責之，置西館，未許朝，時雖許其來，猶未邊見，蓋猜心未忘也。黃初六年帝東征，植宮，為兄弟如初。【第八冊，頁132】
164. 謝靈運・九日從宋公戲馬臺集送孔令詩「豈伊川途念、宿心愧將別。」句〈注〉：趙壹報羊陟書曰：「惟君明眷，平其宿心。」句	李〈注〉：趙壹〈報羊陟書〉曰：「惟君明眷，平其宿心。」徐案：此係皇甫規〈謝趙壹書〉。靈運〈富春渚〉：「宿心漸伸寫。」注俱誤。	X	X
165. 謝靈運・九日從宋公戲馬臺集送孔令詩	X	何校：微致不能見幾遠逝之感，是其心猶不忘事二姓，為可恥也。徐案：此詩劉寄奴祇稱「宋公」，倘未禪唐，恥事二姓之說，轉嫌其驟。	X
166. 顏延年・皇太子釋奠會作詩「達義茲昏。」句	X	何校：首疑作「滋」，傳寫誤也。徐案：《說文》：「茲，草木多益也。」茲有滋益之義，不必加水。	X
167. 左思・詠史八首「皓天舒白日。」句	X	何校：揚子雲三世不遷，柄柄執載、老死京師，向上更有由光至高之行，世人豈得為我輕重？	X

篇目	李注（何校）	徐案	按語
168. 顏延年‧秋胡詩「嗟余怨行役，三陟窮晨暮。」句	李〈注〉：《毛詩》曰：「嗟予子行役，夙夜無已。」又曰：「陟彼崔嵬，我馬虺隤。」又曰：「陟彼高岡，我馬玄黃。」又曰：「陟彼砠矣，我馬瘏矣。」徐案：本文上句已用《魏風》，下句「三陟」當指〈陟岵〉：「陟岵」、「陟屺」、「陟岡」而言。	徐案：此詩似欲承承上首，慨慕子臺意，一直說下，但循繹此篇，竝無涉及揚子臺處，蓋八首雖脈絡貫通，要亦各自為義，泥看則非。	〈三陟〉雲璈按此但言其行役耳。即引〈卷耳〉以為不可，且〈列女傳〉一則曰「忘母」，再則曰「忘母不孝」，又安見秋胡之有父與兄乎？孫說末的。【第八冊，頁141～142】
169. 顏延年‧五君詠五首「劉參軍」	何校：「二豪侍側焉，如螟蛉之與蜾蠃。」以比劉斑也。徐案：〈酒德頌〉意蓋謂「公子處士」，聞劉靈處之言，為之遽化，如所為類我、類也。我也。義門引之為何？何指又考「斑」字中從文劉湛，小字斑虎，故上呼為劉斑。即離間延年者。《義門讀書記》俱誤作「班」，列之《棐几套版文選》、當據《宋書》正之。	X	X
170. 顏延年‧五君詠五首「劉善閉關。」句	李〈注〉：老子曰：「善閉關，無關鍵而不可開。」徐案：《中說溫彥博問：「劉靈何如人？」《文中子》曰：「古之閉關人也。」據此「閉關」二字殊，非泛設。	X	〈閉關〉按中說溫彥博問：「劉靈何如人？」《文中子》曰：「古之閉關人也。」本此。【第八冊，頁144】

篇目	選注規李	選學糾何	選學膠言
171. 顏延年‧五君詠五首「句常侍」	X	何校:「支呂」、「攀稽」自寓,惟陶徵君輩得為文酒之會,眼中於劉歆等何有也? 徐案:詩中無一字涉及彭澤評語,轉嫌枝節,「斑」亦不可誤「班」。	X
172. 應瑒‧百一詩「宋人遇周客。」句	李〈注〉:注《鶡子》。 徐案:當是《鶡子》。見《水經注》、《漢‧藝文志》,從橫家有《鶡子》一篇。	X	X
173. 郭璞‧遊仙詩七首「逸翮思拂霄。」句	X	何校:「珪璋」以下未喻。 徐案:「珪璋雖特達」,是無所憑藉超越任上者;「明月難闇投」,是有所抉棄,不見收者:「潛穎怨青陽」眼「明月」句,來幽花雖發而陽氣不臻也;「陵苕哀素秋」眼「珪璋」句來置身極高,而秋風早被也,故以悲涙結之未知是否?	X
174. 郭璞‧遊仙詩七首「㳙娥揚妙音。」句	李〈注〉:《淮南子》曰:「羿請不死之藥於西王母、常娥竊籍而奔月。」許慎曰:「常娥,羿之妻。」 徐案:「㳙娥」即「常娥」。漢譜「恆」,故改「恆」為「常」,「田恆」、「田常」;「恆山」、「常山」亦即此例,「恆」、「嫦」皆俗字。	X	X

條目	李善注	徐案／何校		
175. 王康琚·反招隱詩 「絕蹤窮岫嵏」句	李〈注〉：王隱《晉書》：「陳原絕跡窮岫，韞櫝道藝。」」	徐案：陳原當作霍原。《晉書·隱逸傳》：「霍原，字休明，燕國人。」	X	X
176. 謝混·遊西池 「題注」句	李〈注〉：引沈約《宋書》。	徐案：當是《晉書》。叔源本晉人；沈約亦著《晉書》一百時卷，詳《隋志》。約本傳〈約本傳〉，並見《隋志》。	X	X
177. 謝靈運·登池上樓 「祁祁傷豳歌」句	X	何校：「祁祁」二句亦傷，不及公子同歸也。 徐案：此但言春日之景，在再易逝，故下文即以「萋萋感楚吟」接之，於「殆及公子」意何涉？	X	X
178. 顏延年·應詔讌曲水作詩 「題注」句	李〈注〉：《集》曰：元嘉十年也。太祖改景平二年為元嘉。	徐案：「景平」，宋廢帝義符年號，其二年，劭義隆立，改元「元嘉」，景平無十二年。	X	X
179. 顏延年·車駕幸京口侍遊蒜山作 「題注」句	李〈注〉：是劉楨《京口記》。	徐案：劉楨見《宋書·劉粹傳》，又《隋·經籍志》：「劉損《京口記》三卷。」	X	〈劉楨《京口記》〉 胡中丞云：「楨當作損。」《隋·經籍志》：「《京口記》二卷。末太常卿劉損撰」即此。 【第八冊，頁158】

180. 顏延年・車駕幸京口三月三日侍遊曲阿後湖作 「覩眄〔註14〕觀青崖，行漾親綵嶂。」句	李〈注〉：覩眄，窈貌顧眄也。 徐案：「窈眄」，「衍漾」是詩中用雙聲之祖，刻本「眄」字皆誤作「盼」。	X	X
181. 謝朓・遊東田 「題目。」句	X	何校：齊武帝時，館於鍾山下，號曰「東田」，太子憂遊幸之。」詩之所云，乃其地也。 徐案：所引見《南史・齊鬱陵王紀》。又攷《南史・沈約傳》：「立宅東田，瞻望郊阜，嘗為〈郊居賦〉。以序其事」就詩起句「戚戚苦無悰，攜手共行樂」，推之「滿目青山，迷茫煙樹於休文之「東田」為近。	〈東田〉 靈墩按《梁書・范雲傳》：「齊文惠太子與約遊觀樓，子常出東田觀穫。《南史・沈約傳》：「立宅東田，瞻望郊阜，嘗為〈郊居賦〉。以序其事。」即此 【第八冊・頁 160】
182. 阮籍・詠懷詩十七首 「趙李相經過。」句	X	何校：（引敘傳）」（徐氏簡述） 徐案：《漢書・敘傳》云：「班伯其旨，未暢其旨。供養東宮進侍者，李平為健仔，而飛燕為皇后，自大將軍王鳳薨後，富平定陵侯張放，淳于長等始愛幸，出為微行，行則同輿，共轡入	〈趙李之李非李夫人〉 靈墩按此說顧氏《日知錄》亦辨之，若如此則「相經過」三字方有著，若如顏注一武帝一成帝，安得相經過平？後來駱賓王〈帝京篇〉：「趙李經過密，蕭朱交結親。」亦用此《丹鉛錄》云：「漢書・合永傳」云：「成帝數微行，

（註14）一作盼，《規李》，頁 40。

篇目	李注・徐案	何校・徐案	他家校語
		侍，禁中設宴飲之，會及趙李諸侍中皆弓滿舉白，譚笑大噱」，所謂趙李同在成帝之時，若元注一為成帝之趙飛燕，一為武帝之李夫人，於相經過意殊舛。〈帝京篇〉:「趙李經過密。」即用阮詩。	近幸小臣，趙、李從後微陵專寵。」趙李字正出此。 【第八冊，頁162】
183. 阮籍‧詠懷詩十七首 「黃金百溢盡。」句	李〈注〉:《國語》〈注〉曰:「一溢二十四兩。」 徐案:古「溢」、「鎰」字通，《荀子‧儒效篇》:「千溢之寶。」《韓非子‧五蠹篇》:「鑠金百溢。」旁皆從「水」。	X	〈溢與鎰同〉 雲璈按「溢」與「鎰」通，《漢書‧食貨志》:「黃金與溢為名。」《荀子‧儒效篇》:「千溢之寶。」《韓非子‧五蠹篇》:「鑠金百溢。」皆是。《禮‧喪大記》:「朝一溢米，夕一溢米」注「溢」與「鎰」同。 【第八冊，頁162～163】
184. 謝惠連‧秋懷	X	何校:全用對偶成篇。 徐案:此對偶中，如:「雖好相如達，不同長卿慢。」一人兩用，奇之又奇之文奇。因記劉琨〈重贈盧諶〉詩:「宣尼悲獲麟，西狩泣孔丘。」亦是此例。東坡〈獨樂園〉:「兒童誦君實，走卒知司馬」是此例。	〈一人兩用〉 按劉琨〈重贈盧諶〉詩:「宣尼悲獲麟，西狩泣孔丘。」亦如足正。疑六朝人原有此格，然不特此也。古人文已有之，如……皆此類。後東坡〈獨樂園〉:「兒童誦君實，走卒知司馬，走卒知司馬」，蓋倣之也。竊謂此等並非古人佳處，雖有之，可不必學。 【第八冊，頁166】
185. 曹子建‧七哀詩	X	何校:依、烏皆切，白詩中猶如此用。	X

篇目・句	《選注規李》	《選學糾何》	《選學膠言》
「賤妾當何依。」句		徐案：古人「支」、「為」、「齊」、「佳」、「灰」通韻，無庸改讀。	
186. 潘岳・悼亡詩三首 「命也可奈何。」句	李《注》：趙岐卒，歌曰：「有志無時，命也奈何！」 徐案：《後漢・趙岐傳》：「年三十餘，有重疾，臥蓐七年，『有志無時，命也奈何。』疾瘳至九十餘歲終。然此語非歌謠詞，歧此時亦未卒。	X	〈趙岐卒歌〉 雲璈按《後漢・趙岐傳》：「岐年三十餘，有重病，臥蓐七年，自慮焉息，乃為遺令敕兄子曰：『大丈夫，生世不我與、箕山之節，仕無伊呂之勳、天不我動，可立一員石於吾墓前，復何言哉。』刻之曰：『漢有一人姓趙，名嘉，有志無時，命也奈何。』其後疾瘳至九十餘，是既非卒，亦非歌也。」 【第八冊，頁174】
187. 顏延年・拜陵廟作	X	何校：墓祭非古，發端蓋有諷焉。 徐案：墓祭非古之說，前人嘗舉《孟子》：「東郭墦間」語闢之矣。此詩起句「周德恭明祀、漢道尊先靈。」極美。文帝克復漢儀，因以宗周陪起、開後人詞章重典之禮，安得謂之諷？亦錚錚佼佼也。應制諸作，亦多類此。	X
188. 王粲・贈蔡子篤詩	X	何校：呂向曰：「子篤與仲宣同避難荊州、子篤還會稽、仲宣贈以詩。」考事有「濟岱」語，則向所云「還會稽」者乃「憑臆妄撰」也。 徐案：五臣「憑臆妄撰」，觸處皆然。此李崇賢注所以即可寶貴，然	X

編號·篇名·句	李《注》	何校·徐案		雲璈按
189. 劉楨·贈五官中郎將四首「不復見故人。」句	李《注》:《援神契》曰:「太山,天帝孫也,主召人魂。」徐案:此緯書也。東漢以後,俗好鬼論讖緯語,且沿入正史矣。《後漢·方術傳》:「許曼曰云曼祖父峻,字叔山,嘗謁泰山請命。」《烏桓傳》:「中國人死者,魂神歸泰山浸淫,則此篇神歸泰山之類是也。流為壽歌,」	X	少而習焉,其心安焉,不見異物而遷焉。願以諗天下之善讀《文選》,善訂《選》「注」者。	〈死歸泰山〉 雲璈按:注引《援神契》曰:「太山,天帝孫也,主召人魂。」緯書出於哀平以前,已有此說,是不僅東京之世矣。【第八冊·頁182~183】
190. 劉楨·贈五官中郎將四首「情眄敘憂勤。」句	X	何校:注《毛詩》曰:「朝夕思念,至於憂勤也。」疑有誤。徐案:二句乃《詩·卷耳·小序》。	X	
191. 曹植·贈白馬王彪	X	何校:《魏氏春秋》曰:「載此詩極有識。」與〈六代論〉表裏。徐案:此詩子建手足之情洋溢,格墨正與〈責躬應詔詩〉、〈求躬親表〉一副肺腸,若曹元首〈論〉暢說六代代以得失,頗此詩旨書不相侔。	X	X
192. 曹植·贈白馬王彪「引領情內傷。」句	李《注》:其一。徐案:此句之下「大谷何寥廓,山樹鬱蒼蒼。」正蒙「引領傷情」說,下蓋此篇自首句「謁帝承明廬」至「我馬玄以黃」止一韻,是為其一。「元黃猶能進」至「攬轡止踟躕」,猶能進為其二。	X		〈白馬王彪六段〉 雲璈按:此篇格體逐段蟬聯,而下如「我馬元以黃」下即云「系黃猶能進」;「攬轡止踟躕」下即云「何留」;「撫心長太息」下即云「太息將何為」;「咄唶令心悲」下即云「心」

篇目				
「踟躕亦何留」至「撫心長太息」為其二。「太息將何為」至「咄唶令心悲」為其三。「心悲動我神」至「能不懷苦辛」至「苦心何慮思」至其五。「心悲動我神」為其六。恰好蟬聯，「援筆從此辭」為一韻。恰好各自一韻，不宜作七段也。	X		X	悲動我神」「能不懷苦辛」下即云「苦心何慮思」。且每段換韻，謝靈運〈酬從弟惠連〉亦是此體，若引領句下接「太谷何蓼邨」山樹鬱蒼蒼。」既不蟬聯，又不換韻，與通篇之體格不戾矣。宜以發端「謔帝承明廬」至「馬系以黃」為其一，當共分六段，不當云七也。【第八冊·頁186】
193. 陸機·答賈長淵 「惟漢有木，曾不踰境。惟南有金，萬邦作詠。民之胥好，儀形在昔，予聞子命。」句	X	何校：金以劻賈，故云「狂狷厲聖。」舊注微遠本義。 徐案：「惟漢」二句答賈；「惟南」二句自劭。木易而金不變，金曰鍊可以成剛，猶「狂狷之厲聖」也。「儀形在昔」承厲聖意來；「予聞子命」言子繩我以木，我當自厲以金也。推衍元注，意自絡，如何氏說，非。	X	
194. 潘岳·為賈謐作贈陸機 「神農靈黃。」 （註15）」句	X	何校：「黃」當作「皇」，又曰：「王」宋本作「王」，謂五帝更三皇也。又古人皇、黃通用，與注相協，作「王」者，非。 徐案：注家語「王」者，「取法五行，五行更王，終始相生。」知元本原係王字，不必更為曲說。	X	〈改黃為皇〉 臺澍按文義甚明，不知何氏義門何以必欲改黃為皇，謂五帝更三皇也。又云古人黃、皇通用，皇通人黃。【第八冊·頁192】

（註15）當作王。

195. 劉琨・答盧諶詩並書 「是蟬是鑣」句	李〈注〉：《說文》曰：「鑣，馬勒傍鐵也。」 徐案：《說文》曰：「鑣，馬銜也」。李所引乃「勺部」璞《爾雅注》。	X	X
196. 盧諶・贈崔溫 「李牧鎮邊城，荒夷懷南懼。場，秦人折北慮。羈旅及覓政，委質與時遇。恨以駑蹇姿，徒煩飛子御。」句	X	何校：李牧、趙奢即指越石鎮并州而言。飛子。亦得。蓋指越石言之。 徐案：此時子諒已為段匹磾幽州從事矣。非復為劉越石并州從事。「李、趙」指「段」無疑。羈旅而別駕，是求為別駕。得蒙見收時也。自顧駑駘辛邀羈絏，故下文遂接「系位辛黔庶」云云。何評亦主越石而郿見，此中情理，當從《晉書》後言者也，亦正籍詩中層音折遠以相印悟入，此耳。	X
197. 謝惠連・西陵遇風獻康樂 「題注」句	李〈注〉：沈約《宋書》曰：「靈運襲封康樂侯。」 徐案：靈運襲封康樂公也。宋受禪，始降為侯，詳《南史》本傳。	X	〈謝康樂〉 靈璞按《南史》本傳：初襲封康樂公，除員外散騎侍郎，不就，為郿邪王大司馬、行參軍，性豪侈，車服鮮麗，衣物多改舊形制，世共宗之，咸稱謝康樂也。宋受命始降公為侯，未受禪為侯。言：「襲封為侯。」者，微誤。 【第八冊，頁198】

篇目	何校・徐案		按語	
198. 顏延年・和謝監靈運「何用充海淮。」句	何校：淮從濉省「唯、惟、維」皆可讀。徐案：古韻支、微、齊、佳、灰通用，子建〈七哀〉亦如此也，不必改讀。	X	〈淮讀惟〉雲璈按何此說謂「支、齊、佳為韻」（註16）：故也。《左傳・昭十二年》：「有酒如淮、有肉如坻，寡君中此為諸侯師。」亦是支、佳為韻。《正義》云：古韻緩、淮、坻本叶，劉炫以為淮作濉、濉齊地水名。穆子、晉人，何以舉齊水、平據此則，淮並不必作惟音讀也。【第八冊，頁202】	X
199. 陸厥・奉答內兄西叔「庶子及家臣。」句	何校：改「臣」為「丞」。徐案：家臣固可作家丞，劉楨元書本是丞字，改之似誰。然此詩「臣」與「民、陳、濱、協」若作「丞」字，於韻轉乖。	X	X	
200. 范雲・贈張徐州稷	何校：改「稷」為「穠」。徐案：張謖之名，《晉書》誤作「穠」，劉璠《梁典》作「謖」，音霜六切。互見邱希範〈樂遊苑餞呂僧珍詩〉注。	X	X	
201. 潘岳・河陽縣作二首「連陰闇王濛。」句	何校：「連」，五臣作「違」，言在陪臣之列也。徐案：元注「陪」字已作「陪臣」解，改「連」為「違」，其義轉晦，不可從。	X	X	

—361—

（註16）原文作《昭十二年・左傳》，應改為《左傳・昭十二年》。見《選學臠言》，第八冊，頁202。

條目			
202. 潘岳·河陽縣作二首「長嘯歸東山。」句	X	何校：安仁亦有東山。徐案：古人別業好名東山，豈惟謝傅？謝監詩有云：「久欲歸東山。」《南史》：「宋劉勔經始東山，以為樓息，試以潘騎參頭，未知相去何如也。」	X
203. 潘尼·迎大駕「題注」句	李〈注〉：王隱《晉書》曰：「東海王越從大駕討潁，軍敗。輕騎奔下邳，越率天下甲士三萬人奉迎大駕還洛。」徐案：惠帝永康元年庚申，其明年辛酉改永康元年，正趙王倫簒位之歲，永康熙二年，討鄴王穎在永興元年甲子奉駕還洛，則光熙元年丙寅也。	X	X
204. 陶潛·辛丑歲七月赴假還江陵夜行塗口	X	何校：辛丑，隆平五年，又曰：「塗口」一作「塗中」，塗當為除滁字也。徐案：沈約《宋書》曰：「潛所著文章皆題年月，義熙以前皆書晉氏年號，永初以來，唯云甲子而已。」予讀《陶集》十卷，自書年號，迄丙辰八月一篇以後，亦不及編矣。丙辰後，辛丑，越五十五年，庚申義熙之十二年，辛酉越十二年，實義熙之十二年，泉明於義熙以前尚書晉年，義熙以後並	〈辛丑〉昭明作端明，〈傳〉及《宋書》本傳皆云：「春秋六十有三，元嘉四年卒。」則淵明之生當在晉興寧三年乙丑至辛丑年三十七。……若以二傳為正，則斜川詩有誤，而此辛丑當是三十七，然又不應居三十七歲人語？此閒居之語終屬未明。【第八冊，頁213～214】

引文	李〈注〉／徐案	何校／徐案	
		不書年、沈《書》微誤、子同有《廿一史辨譌》於《宋書》得三十二條，此其一也。略附及之。至『塗口』乃『塗水』，何說殊非。	X
205.謝靈運・七里瀨「題注」句	李〈注〉：《甘州記》曰：「桐廬縣有七里瀨。」徐案：桐廬非屬甘州。當是闕駰《十三州記》。	X	X
206.謝靈運・入彭蠡湖口「水碧綴流溫」句	X	何校：從五臣改「綴」為「輟」。徐案：「綴」字是《禮記〈注〉》：「綴者所以綴淫也。」猶止也。「靈運〈述祖德〉：委講綴道論」，亦用「綴」字。	X
207.謝靈運・入華子岡是麻源第三谷「題注」句	李〈注〉：謝靈運「山居圖」。徐案：當是〈游名山志〉。蓋靈運有《山居賦》，未聞有「山居圖」也。	X	X
208.顏延年・北使洛「在昔輟期運，經始伊聖賢・伊穀（註17）闕津濟，臺館無尺椽。宮陛多巢穴，城闕生雲煙。」句	X	何校：謂永嘉之末。徐案：詩意蓋謂期運一去，必待聖賢佐理，聖賢當指宋公四句指桓靈寶之亂，故下文遂接「王猷升八表」云云。時劉下邳纘稱宋公，所謂「王猷」尚指晉而言。何氏之說，於時代略遠，於本事亦不合。	X

（註17）不作潁。

209. 王粲・從軍詩五首 「陳賞越丘山，酒肉踰川坻。軍人多飲饒，人馬皆溢肥。」句	李〈注〉：但釋「飲饒」字義，忘卻魏公一段實事。（徐攀鳳說詞） 徐案：《魏志》裴〈注〉：「軍自武都山行千里，升降險阻，軍人勞苦，莫不忘其勞。是大饗，人馬皆溢肥。」以此補注絕妙。	X	〈從軍詩脫句〉 胡中丞云云衰，茶二本有「竊慕負鼎翁，願廁朽鈍姿」，云五臣本無此二句。何校云：五臣本多此二句。按此恐善本脫寫正文一節，并注耳。下節注「仲宣欲廁廁節而求仕」，指此。【第八冊，頁223】
210. 樂府 「題注」句	李〈注〉：《漢書》曰：「武帝定郊祀之禮而立樂府。」 徐案：此正厥所謂「採詩入樂。自武帝始也。」昭明所選諸詩不盡歌於郊祀，殆擬樂府節而自成一體者耶。	X	〈樂府〉 雲璈按采於十五國者，即繫之以十五國，采於樂府者，後人即云樂府之之。「樂府」之稱未為謬正謂擬其音節耳。顧氏之說亦微泥也。【第八冊，頁229】
211. 樂府・君子行 （註18）	佚名〈注〉：李善本〈古詞〉止三首，無此一篇，五臣本有，今附於後。 徐案：此蓋知非李氏元本也。又考陸士龍〈答兄機〉及〈張士然詩〉注有向曰、濟曰、翰曰、銑曰諸條，竊恨此書為五臣清亂者已不少，但本本亡於何時？此本轉於同人所可知，曷棄為三數。	X	X
212. 曹植・樂府詩四首	X	何校：四首無不寄託。 徐案：當以〈求自試表〉為四詩註腳。	X

（註18）徐攀鳳作古詞。

213. 石崇‧王明君辭	X	何校：時陳湯斬郅支、傅首、呼韓邪單于復入朝，非薦女和親也。強盛請婚，殊乖本事，後此作者多謬宜也。 徐案：此事誼傳、如所為昭君琵琶云者，古大家大都不免，然不得歸咎季倫，何也？季倫序曰：「昔公主嫁烏係，令琵琶馬上作樂，以慰其道路之思。」是季倫明以琵琶非昭君事，而始為此懸□之詞，且雖有琵琶，亦非令昭君自彈，敘致自極明晰。若強盛請婚之說，尤後之學者於此序句讀不明耳，元文云：「匈奴盛請婚於漢，元帝以後、宮良家子昭君配焉。」盛意請婚者、盛意請婚之謂，不得以盛字絕句，況只此三字亦不成句法，因其請而配焉，亦無薦女和親解之，以季倫之冤。	〈琵琶非昭君事〉 序曰：「昔公主嫁烏係，令琵琶馬上作樂，以慰其道路之思，其送明君，亦必爾也。」據此，則琵琶之說特因烏孫公主出於石季倫想像之辭，非實有琵琶，亦不必當曰昭君自彈也。後世詠昭君者、動言琵琶，承譌襲謬、忘其由來，雖少陵亦有琵琶、胡語之句，固知詞人之言，不必盡實耳。 【第八冊，頁239】
214. 陸機‧悲哉行「目感隨氣草、耳悲詠時禽」句	X	何校：劉良《注》：「草色隨氣而生，故曰氣草。」 徐案：詩意目所感隨氣之草，如葽秀於夏、蘀隕於冬之類耳，所悲者、詠時之禽，如倉庚喈喈、鵙鳴於秋之類，氣草二字不連，五臣一涉筆，便覽文理窒礙，奈何從之？	X

篇名	李注	何校・徐案	補
215. 陸機・吳趨行	X	何校：曰「昌門」，曰「吳邑」，所歌專在一縣，不為吳郡作也。 徐案：詩中「泰伯」、「季子」、「八族」、「四姓」，豈盡出一縣者耶？語未足訓。	X
216. 陸機・日出東南隅行 「照此高臺端」句	X	何校：「高臺」指在上之人，此刺晉之無政，淫荒游蕩，王公以下，皆不能正其家，當以今刺之〈論〉參觀，與羅敷本解殊旨。 徐案：此詩只是艷歌行耳，玉臺所題是也，若以干今刺〈晉紀總論〉旨，殊微渺不切詞旨。參觀。	〈羅敷豔〉 李氏注引崔豹古今注：「陌上桑者出秦氏女也，秦氏、邯鄲人，有女名羅敷，嫁為邑人……」詳此詩中，美容色無自明之意，題於篇亦無所取，特因首句「日出東南隅」扶桑升朝暉「為名耳。是既與「羅敷」之事、并無關涉「羅敷」之事，何氏云〈玉臺新詠〉只題作「豔歌行」，良是。 【第八冊，頁241～242】
217. 鮑照・放歌行 「日中安能止，鐘鳴猶未歸。」句	李〈注〉：崔元始改〈論〉〈永甯詔〉曰：「鐘鳴漏盡，洛陽城中不得有行者。」 徐案：「元始」與「字」，「永甯」，漢安帝年號，崔是「字」也，〈後漢・紀〉不載此〈詔〉何也？	X	〈永甯詔〉 《困學紀聞》云：「永甯，漢安帝年號。」元始，崔是「字」也，〈後漢・紀〉不載此也。 【第八冊，頁249】
218. 荊軻歌 「題注」句	李〈注〉：《史記》曰：「荊軻，衛人，其先齊人，徙於衛，衛人謂之慶卿。之燕，燕人謂之荊卿。」 徐案：「慶」與「卿」音之轉耳。如「張良為韓信都」〈潛夫論〉曰：「信都也」俗音不正，並有「申徒」「勝屠」之譌。	X	X

219. 古詩十九首 「題注」句	李〈注〉：竝云古詩蓋不知作者。或 云：「枚乘」，疑不能明也。 徐案：劉勰《文心雕龍》以〈冉冉孤 生竹〉一篇為傅毅作。	X	〈十九首有偽〉 雲璈按《玉臺新詠》所載枚乘「雜詩 九首」乃〈西北有高樓〉……共九首。 而〈蘭若生春風〉一首並不在十九首 之列，然則所分僅八首耳。蔡寬夫概 以為分〈西北有高樓〉上與浮雲以下 為「西北有浮雲」，可謂疏矣。朱竹垞 太史書《玉臺新詠》後云《昭明文選》 初成闕有千卷，既而略其無穢，集其 清英，存二十卷，可謂擇之精矣。然 入《選》之文，不無偽作。〈古詩 十九首〉以《玉臺新詠》勘之，枚乘 詩居其八，至〈驅車上東門行〉載《玉臺》 附辭其餘六首《玉臺》不錄、 就《文選》本第十五首而論，「生年不 滿百……」《文選》更之曰「為樂當 及時，何能待來玆。」古辭「貪財愛 惜費，但為後世嗤。」而《文選》更 之曰「愚者愛惜費，但為後世 嗤。」……顯然可見……非一 時之詩，李氏乃不 復辨之，且怨而曰「迢迢牽牛星」，而 曰「凜凜歲云暮」，忽而曰「東風搖百 草」，忽而曰「涉江采芙蓉」，錯雜皆 一時之詩歟？既非一時之詩，自非一 人之作可知矣。 【第八冊，頁255】

篇目	徐攀鳳評語		雲璈按
220. 古詩十九首·驅車上東門「服食求神仙，多為藥所誤。」句	何校：深言之，即退之〈謝自然詩〉不越此矣。彼儒者之文，詩人忌語切耳。徐案：語切煞是大疵，因憶《唐書》李相李藩與帝燕語，偶及神仙，帝不力斥其妄誦服食，求仙二語，帝不悟，而柳仙人等尋見用旋復，為金丹所誤，正使語切，猶未足感動，何評「切」字擬易「直」字。	X	X
221. 蘇武·詩四首「顧注」句	李〈注〉:《漢書》曰「蘇武使匈奴十九年，歸拜典屬國，病卒。」徐案:〈本傳〉:「子卿拜匈奴使在武帝天漢元年辛巳，及歸，官典屬國，在昭帝始元六年庚子，所謂十九年也，其卒以宣帝神爵二年辛酉，距歸凡二十二年。」	X	〈蘇武歸後年〉雲璈按子卿以武帝天漢元年使匈奴，以昭帝始元六年歸，拜典屬國，至宣帝神爵二年卒，年八十餘，計沒時帝歸爵已二十二年，非歸拜官即卒也，注未明晰。【第八冊，頁265~266】
222. 蘇武·詩四首「今為參與辰。」句	李〈注〉：引《尚書大傳》、《法言》、末衷「語」。徐案：李於陸士衡〈為顧彥先贈婦〉「形影參商乖」句，明以《左傳》釋之矣。此注何必夢引。	X	〈參辰〉雲璈按《左傳·昭元年》(註19):「子產曰:『昔高辛氏有二子，伯曰閼伯，季曰實沈，居於曠林，不相能，日尋干戈……』唐人是因杜注:「辰，大火也。」參商之不見專為高辛氏不相能之事，故轉以為說，不然，星宿之不並見者多矣，何獨二星哉？注自當

(註19)《選學膠言》原文作《昭元年·左傳》，順序相反，誤也，應改為《左傳·昭元年》為正。參《選學膠言》，第七冊，頁266。

篇目		何校／徐案		引文／頁碼
223. 張衡・四愁詩四首	X	何校：惟美人喻君耳。若泰山、桂林指君，則漢陽、雁門將何以解？ 徐案：四詩不得泥看。李氏以泰山者為王者，東封湘水謂舜，會其說，以漢陽指西伯、雁門指讒賊，項。此種詮解最足為此書蟊賊。	X	引此……。李氏彼注之引《左傳》，而此文又引《大傳》、《法言》，未免說歧。 【第八冊，頁266】
224. 曹丕・雜詩二首	X	何校：此篇恐子建奪嫡而作。 徐案：此語太穿鑿不切。	X	X
225. 曹丕・雜詩二首「行行至吳會。」句	X	何校：以「吳會」為「吳郡」與「會稽」。 徐案：太史公謂：「吳為江南一都一會。」故後人遂謂「吳會」，此讀「會」為會合之會也。《吳志・孫權傳》永建四年，分會稽為吳郡，會二郡，「會稽」為「吳郡」。今「吳會」二郡，為「會」「吳郡」「會稽」二郡，一也，考此書所言「吳會」此詩其一也，他如「心已馳於吳會」、「直指吳會」，「可作諸如「會」，皆馳騁魏間語，「當讀如「會計」吳會」，此讀「會」適與飄風之會」句，且此詩上文已有「颺風之會」句，兩會字宜分別讀之。	X	〈吳會〉 何氏《讀書記》云：「吳會至黎陽。」既云至黎陽，作「陸放翁以為吳郡。」按秦置會稽郡治吳，除餘暨、朱桓傳：「除餘姚長，遷盪寇校尉，使部伍吳。」此吳會為吳與會稽明徵。又按范《吳都志》云：「世多稱吳稱會會稽。自唐已然，此疏未穩，天下都會，末有以地名冠於會之一字而稱之者。」吳本秦會稽郡，後漢分吳會稽為二郡，後世指二浙之地通稱會稽為一郡，……會謂吳興會稽也。……末元嘉吳，會謂吳興會稽也，以揚州浙四屬屬司隸校尉，而以浙時，

226. 左思・雜詩「題注」句	李〈注〉：賈充徵為記室，不就，因感人年老，故作此詩。 徐案：〈太沖傳〉無「批徵於賈」事。	X	X
227. 謝惠連・七月七日夜詠牛女「題注」句	李〈注〉：引《齊諧記》：「七月七日，織女嫁牽牛。」事。 徐案：《初學記》引此作與均《續齊諧記》，其說所自託則由，曹植〈九詠〉注也。始也。	X	X
228. 謝靈運・石門新營所住四面高山迴溪石瀨修竹茂林詩「題注」句	李〈注〉：闕。 徐案：康樂已有〈登石門最高頂詩〉矣。聞之前輩前首為永嘉之石門，此首乃匡廬之石門。	X	X
229. 謝朓・和伏武昌登孫權故城	何校：「吳山」，《顏氏家訓》作「吳臺」，謂姑蘇也。吳山無謂。 〈鵲起誤用〉 按李氏〈注〉：孫氏初基武昌，後都建東五郡立會州，以隨王誕為剌史，此單稱會當之證也。《日知錄》又繫辨吳會不當為會稽之會，并此詩亦作吳都解。雲璩按此詩上言適與飄風會，又云至吳會，豈合之會，豈外切、會稽之會？會複之理？會合之會，黃外切，會稽之會，古外切，《廣韻》於泰韻兩收之，其注甚明，則此吳會為會稽之會，不待言矣。 【第八冊，頁273～376】		

篇名及句	李注	何校・徐案	徐案・臺墩按
「矯起登吳山，鳳翔陵楚甸。」句		X	徐案：《吳志》：「孫權於建安十六年辛卯徙治秣陵，改名建業，越十一年，辛丑稱王，徙鄂，改為武昌，國號黃武。越七年，巳西稱帝，改元黃龍，還都建業，至孫皓露元年復徙武昌，明年丙戌復都建業，吳山楚甸統疆南國所控言，安得偏指始蘇？」 【第八冊，頁284～285】
230. 謝朓‧和伏武昌登孫權故城「象差世事忿。」句	李〈注〉：忿，謂忿忿然去也。徐案：《左傳》：「皋陶庭堅不祀，忽諸。」忿字本此。	X	〈忿字當引[左傳]〉臺墩按《左傳‧文五年》(註20)：「皋陶庭堅不祀，諸忽。謂蓼與六不能建德，結援大國，忽然而亡也。」似當引此注未明。 【第八冊，頁285】
231. 袁淑‧傚曹子建白馬篇	X	何校：改注「孫嚴《宋書》」為「沈約《宋書》」。徐案：《隋書‧經籍志》：「《宋書》六十五卷，齊冠軍錄事參軍孫嚴撰。」孫嚴自有《宋書》，不當改沈約。	X
232. 袁淑‧傚曹子建白馬篇「留宴汾陽西。」句	李〈注〉：「西」，「先」，協讀也。徐案：古「西施」亦稱「先施」，「西零」亦稱「先零」。蓋「西」、「先」同一音也。唐時已分二音，故云協。	X	X

（註20）《選學膠言》原文為「文五年左傳」，按中文語法，當書名在前、篇名（章節）在後，應改為「左傳文五年」為正。《選學膠言》，第八冊，頁285。

項目		
233. 江淹‧雜體詩‧陳思王〈贈友〉「徒倚拾蕙若。」句	何校：改注《楚詞》：「紉秋蘭以為佩」作「佩」。 徐案：元注於本詩無著，當自有誤。但「連蕙若」句是東方朔〈七諫〉，而非屈子〈離騷〉。	X
234. 江淹‧雜體詩‧顏特進〈侍宴〉「重陽集清氣。」	何校：「氣」疑作「都」。 徐案：此蓋泥注中《楚詞》句也。細味之作，「氣」為是平子〈西京賦〉「集重陽之清」義正同。	X
235. 江淹‧雜體詩‧休上人〈怨別〉「悵望雲陽臺。」	何校：「陽臺」當作「雲陽」，在雲澤之陽也。 徐案：相如〈子虛賦〉方從《史記》、《漢書》校定為「陽雲之臺」，此處本定陽雲倒讀，何氏忽忽欲倒讀，非是。	X
236. 屈平‧離騷經「題注」句	李〈注〉：闕。 徐案：王逸《章句‧序》曰：「離，別也。騷，愁也。經，徑也。言己放逐離別，中心愁思，猶陳直徑以諷諫君也。」經字不解作經典之經者，誠恐尊之太過耳。《後漢‧文苑傳》：「王逸，字叔師，南郡宜城人。」 何校：去經之名，則無吳、楚僭王之疑矣。 徐案：亦不必叔師語，經、亦常也，下逐算卜〈規李〉。經墨相皆有經，安得并經之名而盡去之？	〈離騷稱經〉 何氏《讀書記》云：賈生曰屈原放逐作〈離騷賦〉，若用此言，則無吳楚僭王之嫌矣。洪興祖曰：古人引〈離騷〉未有言經者，蓋後世祖述其辭，尊之為經耳，非屈子之意也。雲璈按：〈離騷〉經之名，出於王叔師，然叔師〈章句序〉云：「離，別也；騷，愁也；經，徑也；言已放逐別離，中心愁思，猶陳直徑以諷諫以諷諫君也。」據此則與經典

原文	李（注）／（王逸）（注）・徐案	何校・徐案	《選學膠言》
			之解異，《漢藝文志》亦止云〈屈原賦〉二十五篇。【第八冊・頁297】
237. 屈平・離騷經「謠諑謂余以善淫兮。」句	李〈注〉：諑，猶譖也。徐案：楚南謂譖「愬」為「諑」。	X	〈諑〉雲璈按《方言》：楚南謂譖「愬」為「諑」。【第八冊・頁325】
238. 屈平・離騷經「及少康之未家兮，留有虞之二姚。理弱而媒拙兮，恐導言之不固。」句	X	何校：使少康而有賢配，夏配天，不失舊物者乎，奈何媒理之蔽姑，無異於前。又曰少康嗣嗣君，二姚以喻嗣嗣君左右之臣。徐案：以后喻臣，畢竟穿鑿，據《左傳》：「慶思於是姜以二姚，有田一成，有眾一旅，能布其德，而兆其謀，以收夏眾……少康內助亦無失德，且其立也，實由夏遺臣之力於於媒理，妬蔽意亦不合。	X
239. 屈平・離騷經「巫咸將夕降兮。」句	（王逸）〈注〉：巫咸，古神巫也。當殷中宗之世。徐案：此似與《尚書・君奭》所引「巫咸」為一，傳會不知《書》之「巫咸乂王家」，此「巫咸乂其職」，鄭有神巫曰季咸，《列子》皆有言：「鄭有神巫曰季咸」，巫而咸名，故稱「巫咸」。〈甘泉賦〉：「選巫咸兮叫帝閽」，〈注〉並言「巫咸」所歷何代何得。	X	〈巫咸〉「巫咸將夕降兮，懷椒精而要之」〈注〉：巫咸，古神巫也；當殷中宗之世。朱子云：巫咸只在一巫字，聊借生發，自史遷附會入〈封禪書〉。而巫咸之為神巫，千年不白矣。雲璈按《列子》、《莊子》皆言「鄭有神巫曰季咸」，以巫而咸名，故謂之巫咸，非必以商賢相為巫也。【第八冊・頁339】

篇目・句			
240. 屈平・九歌・東皇太一 「靈偃蹇兮姣服。」句	（王逸）〈注〉：〈雲中君〉，「靈連蜷兮」，「靈」云：「靈，謂巫也。」 徐案：此當與下文「靈皇皇兮既降」同看，「靈」皆指神，不指巫。	X	〈靈〉 雲璈按此靈字指巫猶可，雲中君之靈謂巫則不可通，且下文「靈皇皇兮既降」，又指為神，忽而稱神、忽而稱巫，豈理理也哉？當如于氏集評評皆指神為是。 【第八冊・頁354】
241. 屈平・九歌・湘君 「君不行兮夷猶。」句	（王逸）〈注〉：「君謂『湘君』也。」 徐案：此注無悖於理。下文「蹇誰留兮中洲」〈注〉忽以「舜妃」釋之，又合「湘夫人」為一，俱非。	X	〈湘君湘夫人〉 湘君、湘夫人或傳堯二女：娥皇、女英，從舜死於湘江，因為其神。娥皇為正妃，稱君；女英為次妃，稱夫人。已屬不經。或云：二女死於湘，有神奇相配焉，湘君謂奇相，湘夫人謂二女，誣舛尤甚。《論注》謂：汎言「湘水之神」，曰君、曰夫人，皆當時之稱，不必求其人以實之最是。《日知錄》云：遠遊之文，上曰二女御，九招歌下曰、湘靈鼓瑟是，則二女與湘靈固判然，然為二即用屈子之文，以相證尤為確切。 【第八冊・頁356】
242. 屈平・九歌・湘君 「斲冰兮積雪。」句	X	何校：冰雪簺道比小人當路，不可復行也。 徐案：「越人鬼而楚人禨」〈九歌〉全屬祀神之詞，似乎無甚寄託，即或屈子於斯尚之妬有難捃擇，隨事抒憤，要亦在有意無意之間。	X

條目	選注規李	選學糾何	選學膠言
243. 屈平‧九歌‧湘夫人 「帝子降兮北渚。」句	(王逸)〈注〉：「帝子」謂堯女也。言堯二女娥皇、女英，隨帝不反，墮於湘水之陪，因為湘夫人。 徐案：湘君、湘夫人當是二神，所謂湘水之神，有君夫人也。《山海經》：「洞庭之山，帝之二女居之。」郭璞《注》曰：「天帝之二女，處江為神。」其後遂謂天帝為帝堯神，漫筆更無足多辨云。	X	〈湘君湘夫人〉 *同上屈平‧九歌‧湘君「君不行兮夷猶。」句 【第八冊，頁356】
244. 屈平‧九歌‧湘夫人 「辛夷楣兮葯房。」句	李〈注〉：辛夷，香草。 徐案：宋玉〈風賦〉：「椒桂辛夷。」師古曰：「新夷，一名『留夷』。」〈上林賦〉：「雜以留夷也。今北人呼為『木筆』。」	X	X
245. 屈平‧九歌‧少司命 「悲莫悲兮生別離。樂莫樂兮新相知。」句	(王逸)〈注〉：屈原思神忽罢、憂愁復興，乃長歎曰：「悲莫痛於妻子生別離，樂莫大於男女始相知之時。」 徐案：此祀神之詞，假言神之情合無常耳，於男女之情無涉。惟此二句確有所本。《山海經》引《琴操》云：「杞殖死妻，援琴作歌。」叔師〈注〉：「樂莫樂於新相知，悲莫悲於生別離。」時豈憶及琴操而屈子之借用其語耶？	X	〈屈子用琴歌〉 雲璈按《水經注》引《琴操》云：「杞殖妻，援琴作歌，曰：『樂莫樂於新相知，悲莫悲於生別離。』」然則二句乃杞梁妻琴歌而屈子用之。 【第八冊，頁360】

條目	李注／徐案		按語
246. 屈平・漁父「顏色憔悴，形容枯槁。」句	（王逸）〈注〉：顦顬，黑也。顦，古旱切。顬，力遲切。顬瘁槁也。徐案：本句及前後文並無「顦顬」二字，不知叔師所何釋，而李善仍之。	X	X
247. 屈平・漁父「子非三閭大夫與」句	李〈注〉：謂其故官。徐案：三閭之職掌王族三姓，曰：昭、屈、景，亦王逸〈注〉。	X	〈甲氏〉《困學紀聞》云：王逸之職掌王族三姓，曰昭、屈、景，屈原敘其譜，屬率其賢良以厲國士，漢興能昭屈景於長陵，以強幹弱枝，則三姓至漢初猶盛也。《莊子》曰：「昭、景也；著，戴也。甲，氏也。」著封非一也，〈注〉云：昭、景、甲三者皆楚同姓，甲氏者同姓，甲氏與？其則屈氏與？【第八冊，頁374】
248. 宋玉・招魂「題注」句	（王逸）〈注〉：宋玉所作。徐案：《史記・屈原傳・贊曰》：「予讀招魂，悲其志，是悲屈原之志也。」蓋屈原自以精魂惝恍託詞招之，其文人俳諧之作與？不知何緣移於宋玉。	X	〈招魂三閭自作〉靈璅按：〈大招〉王逸本以為屈原所作，則此〈招魂〉亦安見其非屈原之辭？玩起六句，招魂之詞為原為？原為為解，沈時原尚未死，宋玉為其師，恐子，而襄以復衣衽皆之禮事其師，不若原自作為長，洪興祖曰：「〈招魂〉為「小招魂」，已有〈大招〉，故也。按：小招魂招魂之義，〈禮〉之說即「三招」…

篇目			
249. 枚乘·七發「雖令扁鵲治內。」句	李〈注〉:《史記》曰:「扁鵲渤海鄭人也。姓秦氏,名越人。」徐案:《周禮》「疾醫」,《釋文》引《史記》云:「姓秦,名少齊,越人。」	X	見〈魏都賦〉〈注〉是張孟陽,非李氏也。洪亦徵誤。【第八冊·頁383】 〈扁鵲鄭人〉 雲璈按《史記》本傳作「鄭人。」徐廣謂「鄭」當作「鄚」,是。《唐書·地理志》:「鄚開元十三年,以莫類鄭,改為莫也。」但鄭屬涿郡,此云渤海,豈鄭舊屬渤海與?《魏書·邢巒傳》、《北史·邢巒傳》並誤鄭為鄭。《北周書·黎景熙傳》亦誤援此注以正之,李注又引《史記》曰:「姓秦氏,名越人。」按《周禮》天官「疾醫」,《釋文》云:「姓秦,名少齊」引《史記》云:「姓秦,名少齊,越人。」則今本《史記》脫「少齊」二字,蓋有二名,或越人是李字未可知也。【第八冊·頁407】
250. 枚乘·七發「杜連理音。」句	X	何校:杜連則田連,古之善鼓琴者。徐案:此亦五臣之說耳。《韓非子》曰:「田連、成竅,天下善鼓琴者。」李氏引之以注〈琴賦〉:有或注曰:「成連之語。李於此處則云:「杜連。」是李不敢合田、杜為一也。未詳,姑且闕疑。	X

251. 曹植·七啟 「捷忘歸之矢。」句	X	何校:改「捷」為「搢」。 徐案：捷，如〈士冠禮〉：「嚌醴捷柶之捷」，陳思〈名都篇〉：「攬弓捷鳴鏑」注：《儀禮》注：「司射搢一挾三个」鄭〈注〉：「搢，捷也。」是捷本有搢字之義，不必改。	〈搢當當作捷〉 胡中丞云：「搢當作捷。宋潭州本《儀禮》捷，初洽反。」《釋文》、《鄉射》：「捷，初洽反。」又〈士冠禮〉：「捷柶」注：「捷鳴鏑」，善所引《儀禮》又本文作搢。此正文作捷，善本作搢。〈注〉亦作捷，此正文作捷，善所引《儀禮》善本作搢。〈注〉亦作捷，不知者誤依今本作搢改之。功如通志堂刻《釋文》捷當作搢，皆據注之誤字。陳亦云搢當作捷，皆據注之誤字。 【第八冊·頁432】
252. 張協·七命 「鑠德於昆吾之鼎。」句	X	何校:「吳」為「吾」字之誤。 徐案：注：「吳、吾」二字本通，《絕越書》云：「莫人聞吾有千將，越有歐冶。」《三國志》：「吳彥亦作吾彥。」皆足以補注義。	X
253. 潘勗·冊魏公錫文 「精貫白日。」句	李〈注〉：《戰國策》：「唐睢謂秦王曰：『聶政刺韓傀也，白虹貫日。』」 徐案：《策》作「韓傀」;《史記》作「俠累」，姓、名互異。	X	X
254. 傅亮·為宋公修張良廟教 「顯默之際。」句	李〈注〉：孫綽〈桓玄城碑〉。 徐案：「元」(玄)當作「宣」。今見《任彥升集》。	X	X
255. 任昉·天監三年策秀才文三首 「日伏青蒲。」句	X	何校:伏蒲事謬用始此。 徐案：注：《漢·史丹傳》上壤疾；視疾上聞，獨寢；獨寢上聞，頓首伏青蒲上。」親	〈青蒲事誤〉 雲城按：應劭云：「以青親地曰青蒲，非皇后不得至。此時丹以親密，臣得丹直入臥內，故得順侍疾，侯上聞獨寢直入臥內，親

條目	李〈注〉・徐案	何校・徐案	《選學膠言》
（承上條）			密臣者丹，為史良娣兄，又為駙馬都尉之地，都尉故也。青蒲非尋常拜稽之地，故以為誤用。今考《宋書・袁淑傳》，蹋青蒲而揚謀。有云：「登丹墀而敷策，蹋青蒲而揚謀。」知謬固不始於彥升也。 首青蒲，非可施於尋常殿陛間也。故何氏以青蒲謬用此，後來《宋書・袁淑傳》：「蹋青蒲而揚謀。」又書・袁淑傳：「白樂天〈詩〉：『謙切於伏青蒲。』」皆承其謬而用之。 【第八冊，頁459】
256. 曹植・求自試表 「絕纓盜馬之臣救。」句	李〈注〉：「絕纓」引《說苑》。「盜馬」引《呂氏春秋》。 徐案：「絕纓」事亦見《韓詩外傳》。「盜馬」事亦見《說苑》。	X	X
257. 曹植・求通親親表	X	何校：此文可匹〈出師表〉，而文彩詞條更為藹然，世以令伯（表）仰希葛相，非知信之選。 徐案：此評大嫌左祖，予嘗以〈出師〉〈表〉為忠，〈陳情〉為孝，〈求通親親〉為友，接天壤至文，與之鼎時可也。	X
258. 曹植・求通親親表 「駙馬奉車。」句	李〈注〉：《漢書》曰：「奉車都尉掌御乘輿，駙馬都尉掌駙馬。」 徐案：此但言車駕之副耳。自魏，何晏尚金城公主拜駙馬都尉，後世事以為尚主之官。	X	〈駙馬非尚主之號〉 按《漢書・金日磾傳》：「拜為馬監，遷侍中駙馬督尉、光祿大夫、入侍左右、出則驂乘。」駙馬猶云車駕之副耳。非為尚主之名也。自魏向晏尚金城公主拜駙馬都尉，後世遂惟尚王者，始拜此官直稱駙馬。茶陵本駙作附。 【第八冊，頁479】

259. 李密·陳情表 「報養劉之日短也。」句	X	何校:《晉書》、《蜀志》作「報養」。無「養」字者，流俗妄削。 徐案:下接「烏鳥私情，願乞終養」則此句「養」字不宜先逗。	X
260. 陸機·謝平原內史表 「齎板書印綬」句	李〈注〉:凡王封拜謂之板官。時成都攝政，故稱板詔。 徐案:《後漢書·陳蕃傳》:「尺一選舉。」「尺一」謂詔。長尺一，謂板、長尺一，以寫詔書。」	X	〈板詔〉 雪璚按板詔即所謂「尺一之詔」耳。《後漢書·陳蕃傳》:「尺一選舉」〈注〉:「尺一」謂「板長尺一，以寫詔書。」恐李注非。 【第八冊，頁486】
261. 陸機·謝平原內史表 「重蒙陛下慘慘之箚。」句	李〈注〉:陛下，謂成都郡也。 徐案:是時惠帝反正，成都王為大將軍，錄尚書事表理。士衡起為內史，此表自謝惠帝〈表〉所稱陛下，即惠帝也。	X	X
262. 任昉·為齊明帝讓宣城郡公第一表 「臣譯惶誠恐」句	李〈注〉:闕。 徐案:上〈表〉合稱名此諱字，當是彥升家集所改而昭明仍誤。	X	X
263. 任昉·為范尚書讓吏部封侯第一表 「或盛德如卓茂。」句	李〈注〉:《東觀漢記》:「卓茂、字子容。」《漢官儀注》曰:「封宣德侯。」 徐案:《後漢書》:「卓茂、字子康。封褒德侯。」	X	X

條目	選注規李	選學糾何	選學膠言
264. 任昉・為范尚書讓吏部封侯第一表「或師道如桓榮。」句	李〈注〉:《東觀漢記》:「桓榮,治歐陽《尚書》,事九江朱普。」《後漢書》:「九江朱普,字公文。」《漢書・儒林傳》並同。徐案:當是「朱普,字公文」,「九江朱普」應同。	X	X
265. 任昉・為蕭揚州薦士表「臣王言。」句	李〈注〉:闕。徐案:此亦誤仍《任集》所改,或謂始安王為昭明之叔,故隱其名。	X	《表辭不稱名》按「王」始安王遙光也,為揚州刺史,表辭理合稱名,今但云「王者」,知錄云:「亦其臣下之辭。」【第八冊,頁497】
266. 李斯・上始皇書	X	何校:戰國之文,楚人頗工為辭,李斯本楚產,故其文華艷,而《文選》錄之為祖師云。徐案:戰國時能文之人不只任楚,況昭明時精神蒐輯斷簡,賦以示後人寶筏,何獨以此文為祖師耶?	X
267. 鄒陽・獄中上書自明「於陵子仲。」句	X	何校:「子仲」,疑作「仲子」。徐案:《高士傳》:「陳仲子、字子終。」注引《列女傳》同《國策》,《史記》、《漢書》並作「子仲」,不必改。	X
268. 枚乘・上書諫吳王「欲湯之凔。」句	李〈注〉:凔,寒也。徐案:《列子》:「凔凔凉凉。」「天地之間有凔熱。」書:「凔」字旁從「水」,不從「冰」。	X	《凔字不當從水》雲墩按「凔」,應從「冫」,楚亮切,《逸周書》:「天地之間有凔凉。」《列子・湯問篇》:「日初出滄滄凉凉。」今刻

條目	李〈注〉／徐案		
			從「水」，非也；《漢書》作「滄」。【第八冊，頁515】
269. 任昉・奏彈劉整 「整即主。」句	李〈注〉：昭明刪此文大畧，故詳引之，今與彈相應。 徐案：增引處何不分？列彈文注內一經，竄改昭明元本已失，是則李氏之過。	X	X
270. 沈約・奏彈王源 「相承云是高平舊族，寵奮允曾。」句（註21）	李〈注〉：引《世說》一條。 徐案：當是郭頒《世語》，非《世說》也。	X	X
271. 楊修・答臨淄侯牋 「修家子雲。」句	李〈注〉：闕。 徐案：揚雄之「揚」本從手，今讀此〈陵〉意古「揚」楊字通也。	X	X
272. 繁欽・與魏文帝牋 「曲美常均。」句	李〈注〉：均者，六律調五聲之均也。長八尺，施絃。 徐案：此似經，作樂器解也。一說「均」，古「韻」字，〈嘯賦〉：「音均不恒」，讀「均」之「均」。	X	X
273. 阮籍・為鄭沖勸晉王牋	X	何校：阮公亦為此耶？抑亦避讒耶？許以桓文諷以「支」，許是其巧於立言處。	X

〔註21〕原文之亂，刻本作允乃避雍正諱

引文	李注／徐案		《選學膠言》
	徐案:嗣宗既為大將軍、從事閒兵、廚美復為都尉、與朝廷復去職、常遊內府。史稱「籍雖去職昭心、時遠之,此賤扶醉而成,似莊似諧,並非巧於立言,直是乃公本色。	X	X
274. 李陵・答蘇武書「牧馬悲鳴。」句	李〈注〉:《毛詩》曰:「駉駉牧馬。」徐案:今《毛詩》作:「牡馬。」《顏氏家訓》云:「《駉》篇首句,江南皆作『牝牡』之『牡』,河北本悉為『放牧』之『牧』。」	X	X
275. 李陵・答蘇武書「故欲如前書之言。」句	李〈注〉:李陵前〈與蘇武書〉云云。徐案:前書不傳、李於班孟堅〈封燕然山銘〉、孫子荊〈為石仲容與孫皓書〉皆引「李陵〈與蘇武書〉」為注,殆即所謂前〈書〉。顯慶時猶未亡云。	X	〈李陵前書不傳〉雲璈按前書不傳、惟見此注。又孫子荊〈為石仲容入孫皓書〉注引李陵〈與蘇武書〉曰:「陵當誓單于畜兵養士,循先將軍之令,將飲馬河洛、收珠南海。」班孟堅〈燕然山銘〉亦引李陵〈與蘇武書〉云:「雷鼓動天、朱旗翳日、不知即。」此書否其書尚在、故李氏得引之、不知昭明當日何以不入《選》。【第八冊,頁539～540】
276. 司馬遷・報任少卿書「今少卿抱不測之罪。」句	李〈注〉:闕。徐案:《漢書・劉屈氂傳》:「北軍使者任安、坐受戾太子節、因囚於獄。」此其是也。	X	〈任少卿抱罪〉今少卿抱不測之罪、雲璈按《漢書・劉屈氂傳》有北軍使者任安受戾太子節,節司直田仁縱太子皆要斬事。【第八冊,頁547】

編號・篇目・句	李善〈注〉與徐案		
277. 司馬遷・報任少卿書 「刀鋸之餘」句	李〈注〉：《史記》：「履貂。」云云。徐案：所謂「履貂」，即《左傳》：「寺人勃鞮」人也。詳見范蔚宗〈宦臣傳〉：「勃貂詔蘇」〈注〉。	X	X
278. 司馬遷・報任少卿書 「而事乃有大謬不然者夫。僕與李陵俱居門下。」句	李〈注〉：夫，語助詞也。《論語》：「子曰：有是夫。」徐案：此處夫字連下讀，與「有是夫」夫字連上讀有別，徵引陳非。	X	X
279. 楊惲・報孫會宗書 「其詩曰：『田彼南山，蕪穢不治；種一頃豆，落而為萁。』」句	李〈注〉：張晏《漢書注》云云。（徐氏簡述）徐案：子初讀此，但絕子幼豪放自如、而疑注為為文、致及讀《漢書・楊敞傳》，敞之子惲數以敞之〈傳〉曰：「敞以給事霍光所厚愛，漸致尊位，敞之子惲即以告霍氏謀反、封侯、免官後，會日食而惲變，人謂大臣居驕奢、不悔過，所致詔下廷尉、按驗並得此書。真險人哉！注中得補此一段，似更咬然。	〈南山詩注〉 張晏「臣瓚」兩解語、言：「唵昧」，後代文人誅獄、未必非。此輩拘牽之說導之耳。豈惟唵昧直足？周内所謂欲加之罪，何患無辭。 【第八冊，頁553～554】	X
280. 曹丕・與朝歌令吳質書 「文學託乘於後車。」句	徐案：《魏志・王粲傳》：「粲與北海徐幹、廣陵陳琳、陳留阮瑀、汝南應瑒、東平劉楨為五官中郎、將文學。」知「文學」乃官名也。《荀氏家傳》：「荀閎為太子文學，延至南齊猶存。」其		X

職謝元暉〈辭隋王餞〉自稱「故吏文學」是也。

引文	案語		
281. 曹丕‧與吳質書「題注」句	李〈注〉：云「二十二年」。徐案：此乃獻帝建安二十二年也。後二年，文帝禪位，又七年崩，年四十。計作此書時，年纔三十一耳、帝名合作丕、書傳多作丕。《吳志‧闞澤傳》注：「魏文帝即位，權問曰：『曹丕以盛年即位，恐孤不能及之。』澤曰：『不及十年丕其沒矣。』權曰：『何以知之？』澤曰：『以字言之，不十為丕，此其數也。』後果驗，是篇數老嗟衰，意即為之兆乎。	X	X
282. 曹丕‧與吳質書「偉長獨懷文抱質，恬淡寡欲，有箕山之志。」句	X	何校：《先賢行狀》：「幹篤行體道，不耽世榮，魏太祖特旌命之，辭疾不就，與箕山之志為合，若《文章志》之云，則幹嘗出而仕矣。」徐案：《魏志》亦言：「幹嘗為五官中郎將文學。」	X
283. 曹丕‧與吳質書「著中論二十餘篇」句	X	何校：文帝言：「其著《中論》二十餘篇。」而《文章志》止言：「二十篇。」皆不足據。徐案：「二十篇。」舉成數也。孔子曰：「《詩》三百。」今《詩》三百十一篇。	X

篇目		何校／徐案	
284. 曹丕・與鍾大里書 「竊見玉書稱美玉，白如截肪，黑譬純漆，赤擬雞冠，黃侔蒸栗。」句	X	何校：〈注〉：「王逸《玉部論》。」云云。《山海經》郭氏傳〉引此謂之「王子靈符」。 徐案：王逸《正部論》，見〈隋經籍志〉。何氏改為「《玉部論》」，疏未考也。	〈玉部論〉 竊見《玉書》云云。〈注〉引王逸《玉部論》原作「正部」。何校：「正部」。中丞云：「按〈隋志〉子儒子家，梁有王逸《正部論》八卷，亡」，何改似非。雲璈按：《山海經・西山經》郭〈注〉引《王子靈符應》曰：「玉書」所稱正同，赤如雞冠，與此《玉書》，方與漆叶栗者，恐誤。似當作栗，粟字，恐誤。 【第八冊，頁560～561】
285. 曹植・與楊德祖書 「文之佳惡。」句	X	何校：欲照《典客》改「佳麗」為「佳麗」。 徐案：「惡」字勝，下文「後世誰相知定吾文者邪？」定其佳惡也。尼父文辭，極言其至佳者過此，而言不病者，未之有也，病則言其惡者，文法呼應，固宜如是。	X
286. 曹植・與楊德祖書 「劉季緒才不能逮於作者。」句	X	何校：《史傳》：「表有二子——琦、琮。琮降操，封列侯，即季緒耶」注脫「名修」二字。 徐案：李〈注〉已詳，第四十卷〈德祖答臨淄〉句下，何氏詎末之見耶？	X
287. 應瑒・與侍郎曹長思書 「顓注」句	李〈注〉：闕。 徐案：《魏志》：「曹休子肇，為散騎常侍。」郭頒《魏晉世語》：「肇，字長思。」	X	X

	《選注規李》	《選學糾何》	《選學膠言》
288. 嵇康‧與山巨源絕交書「題注」句	李〈注〉：《魏氏春秋》曰：「山濤為選曹郎，舉康自代。康答書拒絕。」徐案：拒絕只不願與選，通篇皆如是。觀其臨終，謂子紹曰：「有巨源在，子不孤矣。」何嘗欲與山公割席乎？「書」題出後人之手，似，但標「與山巨源書」五字較得。	X	X
289. 嵇康‧與山巨源絕交書「仲尼兼愛，不羞執鞭。」句	X	何校：鄭康成解《論語》云：「雖執鞭之賤職，吾亦為之。」邢叔明引《周禮‧秋官》：「條狼氏掌執鞭以趨辟」，故云「賤職」。徐案：此條《義門讀書記》已載入。四庫門內自為駿論云：「士字雖有下落，然水是國家所設之官，與『從否所好』語不合。」今復引列此處何也？	X
290. 嵇康‧與山巨源絕交書「許由之巖棲。」句	X	何校：注中張升〈反論〉下加一「語」字。徐案：《左傳‧昭公七年》：「今夢黃熊入於寢門。」《疏》引服叔皮〈論〉曰：「賓爵下華、田鼠上騰，牛哀變虎、鮌化為熊，久血為燐、積灰生蠅。」與此注同。以四字為句，當即此人升，「反」乃叔皮之論，「語」字不得妄增。	X

291. 趙至‧與嵇茂齊書 「接響而歎息。」句	X	何校:少章云:「據注中語,則五字當衍。」 徐案:《舊書》亦無此五字,但循釋上文之意皆用韻,此「息」字正與上數讀叶。	〈五字有韻未可刪〉 （注）云:「本或有『長衢』之下。」 雲按:「按響而歎息」,非也:據此則五字衍。陳少章校亦云。但詳按上下文,此一段皆用韻,「按響而歎息」「息」字正與上數讀叶,此五字似不當從刪。 【第八冊,頁567~568】
292. 劉琨‧重答盧諶書 「雖隙駟不留。」句	李〈注〉:《墨子》曰:「人之平生地上無幾何也,猶騁駟之過隙也。」 徐案:「若騁之過隙」出於《禮記‧三年問》。此當引「經」,不宜引「子」。	X	X
293. 劉歆‧移書讓太常博士 「在朝之儒,唯賈生而已。」句	李〈注〉:賈生,賈誼。 徐案:《漢‧儒林傳》:「授趙人貫公。」訓故《春秋左氏》,邱明所修,皆古文。」《舊書》又云:「故下明語沼試《左氏》可立。「意其時《詩》〈書〉〈禮〉〈易〉已稍知循習,子駿所重專在《春秋》),故特提賈生為宜,建立學官之本。	X	〈賈生為左氏傳訓故〉 雲璈按:《漢書‧儒林傳》:「賈誼為《春秋左氏傳》訓故,授趙人貫公。」故獨稱之,為建立古學勤也。 【第八冊,頁577】
294. 孔稚珪‧北山移文 「值薪歌於延瀨。」句	X	何校:「延瀨」,似指「延陵季子值被裘公」事。 徐案:元注:「延瀨,未聞。」而此漫以《高士傳》「延」「瀨」語釋之,以證「延陵」。牽率可嘆。	X

295. 陳琳・檄吳將校部曲文 「年月朔日，子尚書令戎。」句	X	何校：「子」疑「守」字之誤。 徐案：注中明言「守尚書令矣」乃五臣則曰：「發檄時。」徐師曾《文體辨明》：「改『日子』為『甲子』，皆極謬妄，無足與較。私怪顧亭林《日知錄》有云：「古人文字年月之下，必繫以朔，言朔之第幾日，而又繫之干支，故曰朔日子也。」詳考諸史，有於朔下言越幾日干支者，有日子連稱年月朔日某干支而，若日子連用繫支而不繫干，卻無此文法。子字照注，作守無疑。	〈日子〉 雲墩按：《漢書・五行志》已言：「日加辰、已時加未」〈翼奉傳〉亦言：「日加申時加卯矣」是亦未嘗不以子為夜半也。何校云：「子、疑守字，今據之誤。」孫侍御志祖以為非。今據〈注〉引《魏志》：「太祖連戲侍中、守尚書令」則守字或當如〈何〉說然中華韓約、馬超、張超、末建、其餘眾馬超、末建、張超、其餘眾將二十年，皆卒在建安十七年，張魯降在之後、〈檄〉首列誤名、未詳。 【第八冊，頁582～584】
296. 陳琳・檄吳將校部曲文 「以韓約、馬超超逋逃，走遠涼州，復逆賊鳴吠、逆賊宋建、橈亂河首，同惡相救、並為脣齒。又鎮南將軍張魯，負固不恭。皆我王誅所當先加。」句	李〈注〉：但釋其事，而不分歷時之先後。（徐攀鳳說詞） 徐案：《魏志》：「遣夏侯淵討平馬超。在建安十八年，其明年斷宋建。又明年諸將麴演蔣石斷送韓遂首，張魯自巴中降。」韓遂即韓約、已詳〈注〉中，今考荀或卒於建安十七年，而此段所繫皆十七年以後事，所不可解也。	X	X
297. 陳琳・檄吳將校部曲文 「懷貪小惠。」句	李〈注〉：《論語》曰：「好行小惠。」小惠未徧。 徐案：此當引《左傳》「小惠未徧。」句	X	〈小惠〉 按此當引《左傳》、「小惠未徧」不當引《論語》。今《論語》：「惠」亦作「徧」。

條目			
298. 揚雄·解嘲並序 「住昔周網解結，群鹿爭逸。」句	X	李〈注〉：服虔曰：「鹿，喻在爵位者。」 徐案：此韻起下文「離為十二，四分五剖」，並為戰國。「所謂「羣鹿爭逸者」，蓋以秦失其鹿，「天下共逐」，指戰國諸侯言為是。	作「慧」。 【第八冊，頁584～585】
299. 揚雄·解嘲並序 「炎炎者滅，隆隆者絕；觀雷觀火，為盈為實；天收其聲，地藏其熱，高明之家，鬼瞰其室。」句	X	何校：安溪以此數語，本《易·豐卦》。 徐案：安溪云：「炎炎者，火；隆隆者，雷。雷居上，天收其聲，火居下，是地藏其熱，此義如此。」義窮極則曰：豐其屋，蔀其家，闚其戶，闃其無人。」即謂「高明之家，鬼瞰其室也。」安溪深於《易》者，盍暢引之以究其義。	〈豐卦義〉 李安溪相國云此段一全釋〈豐〉卦義。炎炎者，火也；隆隆者，雷也。當其炎炎隆隆以為盈且實矣。然〈豐〉卦雷居上則是天收其聲，火居下則是地藏其熱，此義不可久而滅之，此義不可久而滅日絕之。……揚子是變易辭句以成文。然自輔嗣以來，未有知之者，故此卦之義至今不白。雲溪按：先生此義精絕當成帝之際，五侯擅政，盛極將危之時，故取象豐部家以示戒，後金張許史即指王氏也。 【第八冊，頁595～596】
300. 揚雄·解嘲並序 「雖其人之瞻智哉。」句	X	何校：「瞻」，《漢書》作「贍」，夏侯湛〈東方朔贊〉：「瞻智宏才」，李善引此作注。 徐案：非特〈東方贊〉已也，潘安仁〈馬汧督誄〉：「材博膽瞻」注亦曾引及。	X

題目			
301. 陶潛・歸去來並序 「聊乘化以歸盡。」句	X	何校：《中山經》：「龜山多扶竹。」〈傳〉：「即竹也。」高節實中，中杖，名之扶老竹。 徐案：扶者竹，載去竹字，竟成鄭五歌後矣。句法亦板重不靈，不如舊解。	〈扶老〉 雲璈按：扶老之名，藤、竹、木，三者皆有之。《山海經》：「龜山多扶竹。」郭璞曰：「即竹也。高節實中，中杖。名扶老竹。」……李〈注〉既疏而深寒，但以為藤名，亦未深考。又《太平御覽》引《廣志》云：「扶老，華黃如金，名金草，又屬草名矣。」是扶老…… 【第八冊，頁602～603】
302. 陶潛・歸去來並序 「懷良辰以孤往。」句	李〈注〉：《淮南子・要畧》。 徐案：當是淮南王《莊子・畧要》。	X	X
303. 卜子夏・毛詩序 「哀窈窕。」句	鄭《箋》：「哀，蓋字之誤，當為『衷』。」 徐案：陸德明《經典釋文》等書並言先儒以「哀」為「如」字讀，改「哀」為「衷」，應自鄭氏始。	X	X
304. 顏延年・三月三日曲水詩序 「具上巳之儀。」句	李〈注〉：上巳已見上注。 徐案：「巳」字有讀戉己之「巳」者，上辛上丁之類是「巳」之「巳」，午祖戌臘之類是其說皆可通，惟周案以前經典所載有事曆日用干不用支，李氏無音釋，因為補及。	X	X

條目	李注‧案語		備註
305. 王融‧三月三日曲水詩序「肥食永王。」句	李〈注〉：《漢‧匈奴傳》曰：「壯者肥食。」古本作「侮食」。《周書》曰：「東越海侮食。」 徐案：此「肥食」、「侮食」兩釋之也。今考《周書‧王會解》有曰：「東越海蛤。」「謂「海」為「侮」；「蛤」為「食」，其別風淮雨之類乎？	X	〈侮食〉 胡中丞云：「袁本侮作侮。」按：海食是詳注，意上句云古本作海食而引《周書》以解之。今上句作「海」，下作「侮」，不相應當皆誤。惟袁本此一字未誤也。今本《周書》亦作侮食，又非善也。所見今本《困學紀聞》謂元長用之，皆就今本《文選》、今本《周書》而言似未得其理。 【第八冊，頁621】
306. 任昉‧王文憲集序「昉嘗以筆札見知。」句	李〈注〉：陸機表詣吳王曰：「臣本以筆札見知。」 徐案：王儉嘗以文如傳季友；賞任昉，令其防作文，見之輒曰：「適得吾意中所欲作文，因出自作，屬昉點正。」此見知實事可約《南史‧本傳》補之。	X	X
307. 王襃‧聖主得賢臣頌	何校：文各有體，此故頌也。不得浮靡薄之。 徐案：頌固有韻體，亦應爾此篇，韓昌黎因之為〈伯夷頌〉。	X	〈頌無讀〉 汪韓門先生《詩學纂聞》云：「頌者，詩之一體。而王子淵〈聖主得賢臣頌〉皆不用韻。韓文公之文，多有未其讀而不得者，思周頌之文，恐是本無讀也。後儒強為叶之，雲璈按：此義古人未嘗言，及顧氏《日知錄》雖謂詩有無讀之句，亦但指一句，非謂全篇，且不專指頌也。 【第八冊，頁633】

引文	選注規李	選學糾何（全文）	選學膠言（部分引文）
308. 王襃·聖主得賢臣頌 「何必偃仰詘信若彭祖，呴噓呼吸如喬松。」句	李〈注〉：但引《莊子》、《列仙傳》。 徐案：是時宣帝好神仙，故襃又之。前史讀其頌不忘規，誠是已顧其後益洲有金馬碧雞之寶，使襃往祀，獨無所陳說。何耶？	X	X
309. 史岑·出師頌 「題注」句	李〈注〉：《後漢書》曰：「王莽末，沛國史岑，字孝山。」 徐案：「孝山」，當作「子孝」，「蓋仕莽末者，子孝，當和熹之際者⋯⋯」孝山下注已明言之，刊本當校正。	X	X
310. 陸機·漢高祖功臣頌 「曲逆宏達。」句	李〈注〉：《漢書》曰：「復發兵與漢王會榮陽、復擊破楚京、索間。」 徐案：應邵〈注〉：「京、縣名，今有大索、小索亭，晉灼曰：『索，音冊。』」	何校：既引《孔氏雜說》載：「曲遇」，《漢書》無別音，又泛引《曹參傳》之「曲逆」。 徐案：《漢書》：章帝醜曲逆之名，改為浦音，固知章帝以前皆如字讀也。孔說即是。「曲遇」在中牟見《史·高帝紀》，及司馬彪《郡國志》，與中山曲逆不同。	X
311. 陸機·漢高祖功臣頌 「京索既阨。」句	李〈注〉：《漢書》曰：「復發兵與漢王會榮陽、復擊破楚京、索間。」 徐案：應邵〈注〉：「京、縣名，今有大索、小索亭，晉灼曰：『索，音冊。』」	X	X
312. 陸機·漢高祖功臣頌 「滌穢紫宮，徵帝大原。」句	李〈注〉：《漢書》⋯⋯云云。勃曰：「⋯⋯」云云。 徐案：《漢書》東牟侯興居曰：「誅諸呂，臣無功，請得除宮。」非周勃語。	X	X

313. 夏侯湛·東方朔畫贊 「魏建安中。」句		何校：建安猶是漢年，雖天子僅亦守府，烏可繫之魏？ 徐案：元注明以為誤矣，所謂誤者，病其流傳之譌，亦非歸咎作者，何氏於千五百年後發此感喟耶！	X
314. 夏侯湛·東方朔畫贊 「大人守此國。」句	李〈注〉：此國謂樂陵郡也。其父為樂陵郡守，史傳不載，難得而知也。 徐案：《晉書·潘岳〈夏侯湛誄〉》：「父莊，淮南太守。」潘岳〈夏侯湛誄〉：「父守淮岱，治亦有聲。」		X
315. 司馬相如·封禪文 「繼昭夏。」句	李〈注〉：文穎曰：「韶，明也。夏，大也。」 徐案：《漢書》作「昭夏」。晉時避昭，故以「昭」為「韶」。	〈昭夏〉 「繼韶夏」胡中丞曰：「韶」當作「昭」。顏引文穎注亦作「昭」。詳注云：「昭，明也；夏，大也；應明大相。繼不當作韶字可知。 【第八冊，頁659~660】	X
316. 揚雄·劇秦美新	何校：就劇秦中帶起美新。 徐案：頌莽之德，僅謂其勝於秦。莽大夫有深意焉。此篇謂其偽作者：王荊公謂其不得已而為之。 洪容齋。	〈劇秦美新是後人誣筆〉 ……雲瑣按：此曲意回護，未足為子雲深譽。檢討又云：《後漢書·桓譚傳》：「譚意非毀，俗儒由是多見排抵；當莽居攝篡試之際，天下之士莫不競褒稱德，美作符命，以求容媚，譚獨自守，嘿然無言。又譚於世祖時上疏，曰：今諸巧慧小才技數之人，增益圖書，矯稱讖記，邪譔惑人	X

篇目	選注規李	選學糾何	選學膠言
（承上）		X	主。」章懷注圖書即讖緯符命之類。……劇秦美新者豈非皆後人之諩？筆哉？此段足與前末子培說相發明，故錄焉。然焦弱侯已言之。【第八冊，頁665】
317. 干寶・晉紀總論 「擾天下如驅群羊，取天下如拾遺」句	李〈注〉：《漢書》：梅福上書曰：「高祖舉秦如鴻毛，取楚如拾遺。」 徐案：此篇與王粲〈從軍詩〉：「忽若俯拾遺」陸機〈漢高功臣頌〉：「拾代如遺」、「五等論」：「易於拾遺」皆引梅福語作注。似元文「遺」下本無芥字。各本誤刻顯然。或以《晉書》為辭證，當以夏侯氏注釋之矣。竇以夏侯湛勝「倪拾地芥」語釋之。善讀李氏注者能自辨之。	X	X
318. 范曄・後漢書二十八將傳論 「題注」句	李〈注〉：闕。 徐案：《晉書》：「華嶠作《後漢》九十七卷。」蔚宗因其論闕之，自首句至各志各能之士也，皆華嶠語。見范《書》注。	X	X
319. 范曄・後漢書二十八將傳論 「論曰：『中興二十八將，前世以為上應二十八宿』」句	X	何校：此說疑出緯書。 徐案：非也。辯詳上卷《規李》。所謂「二十八將」者：鄧禹、馬成、吳漢、王梁、賈復、陳俊、耿弇、杜茂、寇恂、傅俊、岑彭、堅鐔、馮異、王霸、朱祐、萬脩、祭遵、李忠、景丹、蓋延、邳彤、	〈雲臺無來君叔〉 ……如此帝之信任又如此雲臺畫圖書不及，實為千古闕事，豈以顯宗追述前世而未能盡悉其實耶？抑以歆為光武外兄，亦如伏波之例，而不與耶？【第八冊，頁675~676】

#	出處・句			
320. 范曄・宦者傳論「手握王爵，口含天憲。」句	李〈注〉：諫議大夫陶侃上疏訟未樛。徐案：是時，陶侃以大學生上疏，未為諫議大夫也。當援范《書》改正。	姚期、劉植、耿純、王常、臧宮、李通、馬武、劉隆、賈復、卓茂是也。馬援以椒房之親不與，又有來歙圖畫，亦不及。或謂歙光武外兄弟，故戀置之要。弟。亦干古闕憾。	X	
321. 沈約・宋書謝靈運傳論「子建仲宣以氣質為體，並標能擅美，獨映當時。」句	X	何校：《詩品》以公幹配陳王，而子意獨在仲宣，及得此論。文權衡之審。徐案：陳思乃建安七子之冠，餘子畢竟未逮。	X	
322. 沈約・恩倖傳論「明敭幽仄。」句	李〈注〉：《尚書》曰：「明明揚側陋。」徐案：當引《書》古文訓「明明敭仄□。」	X	X	
323. 賈誼・過秦論「贅明周聚。（註22）」句	李〈注〉：《字林》曰：「取，才句切。」徐案：「取」即古「聚」字，從□取，《史記》作「周聚。」趙有額取，《史記》作「額取」也。」流俗譌刻、讀，因附及之。	X	X	〈最苦聚〉「周最」〈注〉：「《字林》曰：『最，才句切。』胡中丞曰：『《周本紀索引》云：『最，詞喻反，與才句正同。』』」讀最為聚。【第八冊，頁690】

〔註22〕作「最」，非。

條目	李〈注〉、徐案		說明
324. 東方朔・非有先生論「箕子被髮佯狂。」句	李〈注〉:《尸子》曰:「箕子胥餘。」徐案:「胥」,古「諝」字,與「七發」:「通䐈胥母之場。」同。「胥餘」之名,亦見《莊子・大宗師》。	X	〈箕子名〉 云墩按:箕子,名胥餘。又見《莊子・大宗師》、《釋文》,據此,而《釋文》又以為比干名。【第八冊,頁695】
325. 王褒・四子講德論「於是以士相見之禮友焉。」句	李〈注〉:《儀禮》曰:「士相見之禮。」徐案:今《儀禮》作「夏用腒。」《說文》:「北方謂烏臘曰腒。」	X	X
326. 王褒・四子講德論「書云:迪一人使四方若卜筮。」句	李〈注〉:《尚書》曰:「迪一人有事四方,若卜筮無不是孚。」孔安國曰:「迪,道也;孚,信也。」徐案:此類君頭之文,而實異其詞,孔〈注〉亦闕〈君奭〉篇。	X	X
327. 王褒・四子講德論「處把握而卻廖廓。」句	李〈注〉:闕。徐案:《說文》「廖字、〈繫傳〉云:『俗作廫』非今此廖字,恐是廫之省文。否則當作䗬作㝢也。	X	X
328. 王褒・四子講德論「宣王得白狼而夷狄賓。」句	李〈注〉:《史記》曰:「穆王征犬戎得四白狼以歸。」今云「宣王」,未詳。徐案:穆王得白狼白鹿而荒服者不至與夷狄,來賓意不合。及檢《後魏書・靈徵志》:「有曰:『太安三年,白狼一見,而於太平郡,議者曰先帝曰先本封之國,無窮之徵也。』昔先王得	X	〈秬邑白狼〉 今云「宣王」,未詳。徐檢討《管城碩記》云:「《瑞應圖》曰:『王者仁德則白狼見,周宣王時白狼見,西國滅。』《後魏書・靈徵志》曰:『太安三年三月有白狼一見於太平郡,議者曰「先帝白狼一見於本封之國而帝本封之國而白狼見焉,無窮之徵」

				也，周官王得之，而大戎服。【第八冊，頁700~701】
329. 王褒・四子講德論 「驚邊扤士。」句	X	何校:《能改漫齋錄》作「扤士」。徐案：「扤」恐是「抌」：《詩》云：「抌，動也。」《說文》：「抌，動也。」	X	X
330. 班彪・王命論 「思有短褐之褻。」（註23）句	李〈注〉:《說文》曰：「褻，重衣也。」徐案：《說文》曰：「褻，重衣也。」左袵，今以重衣為解，則本文及注皆當改「襲」為「褻」。	X	X	X
331. 班彪・王命論 「距逐鹿之瞽說，審神器之有授。」句	李〈注〉:闕。徐案：此乃深識王命之不屬隗囂也。囂既不悟，彪遂避地河西，而歸竇融矣。	X	X	X
332. 曹丕・典論・論文 「徐幹時有齊氣。」句	李〈注〉:故《齊詩》曰：「子之還兮，遭我乎搖之間兮。」徐案：《齊詩》作：「子之營兮，遭我乎嶩之間兮。」師古曰：言往營邱而相逢於懷山也。	X	X	X
333. 曹丕・典論・論文 「然不能持論。」句	李〈注〉:《漢書》曰：「東方朔、枚皋不長持論。」徐案：《嚴助傳》作「不根持論」師	X	X	X

〔註23〕作「襲」，非。

334. 曹丕・典論・論文 「唯幹著論，成一家言。」句	古曰：「論議妄隨不能持正，如樹木之無根柢也。」 李〈注〉：闕。 徐案：「論」即〈中論〉。見文帝〈與吳質書〉	X	X
335. 曹同・六代論 「大魏之興，于今二十有四年矣。」句	X	何校：云「二十四年」，則此論當齊王芳正始四年上也。又六年為嘉平元年，曹爽誅滅，魏祚遂為司馬氏所揖。 徐案：司馬氏自魏之咸熙二年，乙酉纂據，魏改元距正始四年癸亥二十二年；嘉平元年己巳十六年，不得謂嘉平時，魏祚已斬也。	X
336. 韋昭・博弈論 「題注」句	李〈注〉：《系本》曰「烏曹作博。」 徐案：《系本》即《世本》。唐諱「世」，改從「系」。	X	X
337. 韋昭・博弈論 「求之於戰陳，則非孫吳之倫也。」句	李〈注〉：劉向〈圍棊賦〉曰：「略觀圍棊，法於用兵，怯者無功，貪者先亡。」 徐案：今賦載《馬季長集》。	X	X
338. 嵇康・養生論 「夫悠悠者既以未效不求。」句	李〈注〉：《論語》：「悠悠者天下皆是也。」 徐案：《論語釋文》云：「鄭本作悠悠。孔安國曰：『悠悠，周流之貌也。』《史記・孔子世家》同。 又〈桀溺曰：『悠悠者天下皆是也。』」	X	X

條目		何校、徐案	
339. 李康·運命論 「張良受黃石之符，誦三略之說，以遊於群雄，其言也，如以水投石，莫之受也；及其遭漢祖，其言也，如以石投水，莫之逆也。」句	X	何校：李周翰謂「自以遊於群雄，至莫之逆也。善本無此一段，今善注有引《漢書》云云，似不應無，或《漢書》一條係後人增補。」 徐案：何氏評《選》於雜文中，亦頗憂羹著墨，而獨喜引五臣以駁善〈注〉，實是一病。李濟翁《資暇錄》：「李氏《文選》有初注、覆注、三注、四注，其絕筆之本皆善釋音、訓，義。開元六年，有李延祚者，及呂延濟、劉良、張銑、呂向、李周翰五臣之說。上之其書，意在非斥善〈注〉，實皆盜竊善本而定注之本，轉相攻擊，職是故也，此段詞氣勳咎，自不可刪。若李周翰之說，奚足援引乎？」	X
340. 陸機·五等論 「一夫縱衡，則城池自夷。」句	X	何校：二句指「漢末羣盜」。 徐案：元注一夫謂董卓，蓋披猖者，盜倡亂者，一夫與下「群臣朝入九服夕亂」，相為分應。	X
341. 陸機·辯亡論 「皇輿於夷庚。」句	李〈注〉：繁欽《辯惑》曰：「以巨海為夷庚。」臧榮緒《晉書》：「司徒王之所。」謐議曰：『夷庚未入。然夷庚者，〈補車藏車之所。』」 徐案：夷，常也。庚，道也。與〈補亡詩〉：「湯湯庚夷」同義。	X	

篇目			
342. 劉孝標·辯命論「天才英偉。」句	李〈注〉：郭璞曰：「孫子荊上品狀王武子曰：『天才英博。』兗拔不羣。」徐案：《晉書·孫楚傳》所載是王武子狀，此蓋誤引。又「郭璞曰」三字於其上更不可解。	X	X
343. 陸機·演連珠「題注」句	李〈注〉：傅玄〈敘連珠〉曰：「所謂連珠者，興於漢章之世。」徐案：《北史·李先傳》：「魏帝召先讀《韓子連珠》三十首，則傅元之言與沈約以言連珠之作始於子雲者，皆非也。	X	〈連珠體防於韓非〉葉氏《附注》云：「楊用修讀《北史·李先傳》：『魏帝招先讀《韓子·連珠二十二論》』即《韓子》即《韓非》，韓非書中有連語先列其目而後著其解，謂之『連珠』。據此則連珠體防於韓非，任昉〈文章緣起〉謂『連珠始自揚雄！』非矣！【第八冊、頁724~725】
344. 陸機·演連珠「舊叟清耳。」句	X	何校：「叟」當作「腹」，一作「史」。徐案：「史」字是〈弔魏文帝文〉「即士衡特贄史與闕景。」豈贄史異闕景。」即「衡句也。	〈腹當作史〉雲璈按：「腹」當作「史」，贄史與闕上輪匠對也。轝字疑誤。【第八冊、頁726】
345. 陸機·演連珠「書以謐之黎。」句	李〈注〉：或以謐爲宓子賤，以邑對姓，恐文非體也。徐案：沈約《宋書·良吏傳序》：「蒲宓之化，事末易階。」正作「宓」字。	X	X
346. 陸倕·石闕銘「刑酷然炭。」句	李〈注〉：《六韜》曰：「紂爲患刑懥，更爲銅柱以膏塗之，加於然炭之上。」徐案：《廣韻》引陸氏此文作「爇」；	X	X

編號・篇名・句	李〈注〉／徐案	何校／徐案	評
（承上）	〈美新〉：「黿仲尼之篇籍。」〈注〉：「黿，古『然』字。」		X
347. 潘岳・楊荊州誄「青社白茅。」句	李〈注〉：《毛詩》曰：「錫爾土宇歸青社。」徐案：各本皆如是，疑是齊、韓諸家經生之詞。	X	X
348. 潘岳・馬汧督誄「牧人逶迤。」句	李〈注〉：引《毛詩》。徐案：今《毛詩》〈羔羊篇〉作「委蛇」，惟《韓詩》作「逶迤」耳。	X	X
349. 顏延年・陽給事誄「苦哉致果，顧子行間。」句	X	何校：「陽州」乃地名，與陽氏何與？而贅及之？徐案：《左傳》：「苦哉賈子，將待事而名之，陽州之役獲焉，名之曰陽州。」元注引之以釋名之義，並非作陽氏，苦哉也。安得為贅？	X
350. 謝朓・齊敬皇后哀策文「哀曰：『隆於撫鏡。』」句	X	何校：于時佛法未入中國，安得身毒寶鏡為甲觀之佩，明是六朝人附會之事。徐案：此辨以《西京雜記》不得為漢實事也。質子山作文，或偶涉雜記中語，便謂此近人書不足用，遂斥斥之，此可證之。	X
351. 王儉・褚淵碑文並序	李〈注〉：《周禮》曰：「歐百為夫，夫三為屋，屋三為井。」		X

「所接田邑，不盈百井。」句	徐案：此是《司馬法》，非《周禮》。		
352. 王簡棲・頭陀寺碑文「題目」句	何校：簡棲之名當作「ㄓ」，古文「左」字。徐案：何氏之釋、《困學紀聞》亦是如此。予考《說文》：「ㄓ，手也。象形，今作左。」「屮，艸木初生也，音徹。」今以簡棲釋之，當從屮，不從ㄓ。		X
353. 王簡棲・頭陀寺碑文「步中雅頌，驟合音韶漠。」句	何校：注《禮記》曰：「步中武象，驟中韶濩所以養耳。」檢《禮記》不得。蓋今日所見又非唐初之本矣。徐案：注語出《史記・禮書》，錢本譌沿，以《史記》為《禮記》耳。何足多訝？	《禮記》當作〈禮書〉胡中丞云：「《禮記》當作〈禮書〉，各本皆誤。此引史記〈禮書〉也。」下鄭氏云云及裴駰《集解》何校以為今《禮記》之逸文，大謬。《禮記》云云，頁745】【第八冊	X
354. 任昉・齊竟陵文宣王行狀「邪叟其再見。」句	李〈注〉：引「劉寵徵為將作大匠」事。陰老叟，自若邪山谷出送」事。徐案：此乃華嶠《後漢書》，非范《書》。		X
355. 陸機・弔魏武帝文「夫以廻天倒日之力。」句	李〈注〉：范氏《後漢書》曰：「左迴天，唐獨坐。」徐案：此有誤，今范《書》曰：「左迴天，貝獨坐，徐臥虎，唐兩墮。」		X

出版跋

離遠式載，該書梓版，猶似瞍生登科，恰如蜷街甲第。
自六月出，勞邊大內，烈日照耀心志，操戈淋漓筋骨。
衛戍金門，夜火姍愉，海風啐啐磨膽，披尖鏗鏗軋勵。
堂奧淵廣，不可咸觀，埋首黃氏批校，文選一書更然。
家父不予，公子墮落，米湯酒水盤腹，嗟至雙目濛濛，

　　大學將畢業時期，受學邱教授培超的引導接觸了《文選》學，開始對箇中學問感到有趣，尤其當時研讀駱鴻凱《文選學》時看到徐攀鳳的介紹，竟有批評何焯之意，當時就以此為題目。是故，碩論的開展由此而來。

　　遙想當初為了這本論文，拋下女朋友潛心課究，日日夜夜擅打萬萬字，六年感情也此告吹；當兵結訓至今也一年有餘，而今餓著肚子博求一些教職，但學歷卻成為我在外頭打滾的障礙，低就則需飽受冷言冷語，穿盡小鞋與掣肘；高攀則又擔心學生無法吸收學識，筦心操贏。

　　看著這本《徐攀鳳文選學研究》，讓我在操煩不定的工作中成為支柱，它不是我目前最佳，但也是嘔心瀝血，尤其我發現徐攀鳳讀過何焯隱藏手稿，以及說法上與汪師韓、孫志祖、張雲璈等人重疊，代表他們的知識說法系出同源，但要完美勾勒他們的盤互，則需曠日費時；加上清代《文選》學家高度密集在江南地區，非常可疑，由是也需要繫聯之間的關係。這也是我 2023 年 9 月開始，往後博士班的人生任務。

　　到了接近三十歲的年紀，每天伴隨著勞累與失眠，更多時候寧可多坐在電腦桌前看著文獻，只怕睡著過後，工作時間到了又不是自己的了。「周公恐懼

流言日，王莽謙恭未篡時。」我秉持一心只讀聖賢書，一心力行聖人言，對人真誠對待，無不虛言。或許未來只能書卷中打滾，做著簡單卻苛沉的工作度日，每天扙著迷濛的視力，喝著咖啡，聽著 bossa nova，一點一滴拼出我的學問藍圖，我也要甘願上天給我的一點恩惠與使命。

2023.08.15 默寫於彰化書房